FLY

窪依凛
Kuboi Rin

文芸社文庫

あなたは愛する人のもとへ
　今すぐ飛んでゆけますか？
私は愛する人のもとへ
　今すぐ飛んでゆけます……。

目次

Ⅰ現実

二〇〇四年十月三日
僕は表参道を歩いていた。

秋を迎え街の風は優しく、心地良い温度を感じさせる。

忙《せわ》しない人波にもまれながら、夢が壊れないように一歩……また一歩、慎重に足を運ぶ。

今にも崩れそうにひび割れている夢を、これ以上傷付けないように胸の奥底にしまい込み現実から遠ざける。そんな僕を秋風が幾度も抱きしめた。

風が優しく穏やかであればあるほど、何故か僕は切なくなった。

芸能プロダクションに所属している僕は、『超・売れっ子だ』なんて粋がってみたいが、実際は全く売れてなどいない。芸能プロに所属するタレントと言えば聞こえはいいが、高い月謝を支払いレッスンを繰り返す毎日だ。オーディションにもことごとく落ちてきた。

ついさっきも、社長の松本《まつもと》さんにお叱りを受けたばかりだ。

「うちは売れもしない奴を置いておくほど、暇じゃないんだよ！」

そうどやされるのが、半ば僕の日課になっていた。事務所に入った当時は期待してくれていた人達も、哀れみの目で僕を見るようになっていた。

何の可能性も見出せない奴を育てるより、可能性に満ちた人材を扱いたいというのが事務所の人達の本音だろう。

僕自身、呆れられても仕方ないと認識していたので、事務所に顔を出すのは気まずかった。それでも、諦められずにいた。諦めることなど、できなかった。

一人っ子の僕が芸能界を目指すと告げた時は、親父もお袋もムキになって反対した。『夢みたいな事抜かしてんじゃねぇ！』と、親父の拳が飛んだ。お袋は『馬鹿な子を産んじまったよ』と嘆いた。

しかし、『三年だけ待ってやる！　三年、思うようにやってみろ！　それでも駄目だったら、すっぱり諦めろ！』と、僕の我儘《わがまま》を許してくれたのは、ほぼ家出に近い上京前夜だった。酒を飲みながらそう言ってくれた親父の背中は、少しだけ小さく見えた。その背中を忘れないようにと、成功を誓った。

『こうなったら、やれるところまでやってらっしゃい！　だけど、お天道さまに後ろめたい真似だけはするんじゃないよ』

そう言って、お袋は僕に手作りのお守りを手渡した。黙って頷くのが精一杯だった。

列車が見えなくなるまで手を振り続けるお袋の姿に、このお守りを肌身離さず持ち続けようと思った。お守りからは、何処か懐かしい香りがした。お袋のにおいだとすぐに分かった。

上京した当初は〝絶対頂点に立ってやる！〟などと意気込んでいたが、三年目を迎えてもさっぱり芽が出る様子はなかった。あれほど憧れていた東京の街並みが、今は冷たいコンクリートの塊に見える。

親父との約束の日まであと半年を切っていた。

オーディションに落ちるたび、両親の顔が浮かんだ。申し訳ない気持ちとまだまだやり通したい気持ちが、心の中で闘っていた。与えられた三年の歳月は、予想以上に早々と過ぎていった。

思っていた以上に芸能界は厳しかった。クラスの女子から『カッコイイ』と持て囃されていただけで、業界でも成功できると思い込んでいた自分の浅はかさを痛感した。顔が良い奴なんて山ほどいる。ルックスが良いだけではこの世界では生きてゆけない。演技力や個性、人付き合いの上手さやインパクトなども必需品だ。

しかし、そんな僕にも一人だけだがファンがいる。

毎週一通の手紙が届く。手紙にはＦＬＹというペンネームが書かれており、名前さえ知らないが、彼女の存在は有り難かった。誰か味方がいてくれると、それだけで勇気付けられるものだ。

　彼女の手紙は、僕に唯一居場所を与えてくれた。彼女について何も知らない事は、かえって良かったのかもしれない。彼女の存在が謎に包まれている事が、何処か安心感を与えてくれたからだ。彼女の存在がここまで僕を頑張らせてくれた。そう言っても過言ではないだろう。

　何故なら、売れない僕に事務所の人達は冷たかったが、必ず届く彼女からの手紙に僕は救われていたからだ。彼女の手紙は、自然な表現で僕を元気付けてくれた。自分の感情を押し付けたりはせず、読んでいるうちに自然と安らいでしまう。それが手紙の特徴だった。

　以前一度、僕は夢を諦めかけた事があった。

　それは珍しく東京に大雪が降り積もった冬。

　辺り一面が雪に覆われ、いつもの慌ただしい都会は雪の白さに隠されていた。

　年末に放送される特別番組のオーディションを受けると、プロデューサーが僕を気に入り採用してくれた。視聴率が期待できるような番組ではなかったが、僕にとっては最大の喜びだった。どんなに小さなものでも、そこから道が開かれる事もあるからだ。特に芸能界では、ささやかな仕事がきっかけとなり大きな結果を招く事も珍しくはない。小さな芽が大きな木に生長し、たくさんの実を結ぶ事もあるのだ。

初めてのテレビ出演が決まり、僕の胸は期待に高鳴った。

――やった！　チャンスだ！　僕にも遂にチャンスがやってきた！

早速田舎の両親に電話をかけ、弾んだ声で報告した。親父もお袋も予想以上に喜んでくれた。

『お父さん！　勇斗《ゆうと》がテレビに出るんだってじゃぁ！』

『何！　本当か！　何時《いつ》だ！　ばあちゃんにも知らせてやるらぁ！』

あんなに反対していた両親が、僕の門出を喜んでくれている……。親父とお袋の声は、僕に穏やかな温もりをくれた。電話の向こうではしゃいでいる両親に心から感謝していた。

翌日からはレッスンにも気合いが入り、テレビデビューへ向けて努力を惜しまなかった。一日の大半をレッスンに費やした。このチャンスを無駄にしないように、一人鏡に向かい、自己アピールの練習を繰り返した。気付いた時には朝日を浴びている事も多々あった。疲れているはずの体には不思議と疲労感はなく、小鳥達の囀《さえず》りが心地良かった。

しかし、そんな僕を落胆させる出来事が起きた。

その番組スポンサーの息子が〝テレビに出てみたい〟と父親に強く主張した結果、僕に決まっていたテレビ出演は急遽その息子へと変更されたのだ。

光り輝いていた道が暗黒の泥沼へと変わった。告げられた言葉を理解するのに、少し時間が必要だった。

納得などできるはずもなく、社長のもとへと急いだ。

「どうしてですか！　もう決定してたじゃないですか！　こんな事って……」

懸命に訴える僕に社長は言った。

「この世界じゃよくある事だよ。この世界は、力の強い者だけが上にゆく。コネも立派な力だ。お前だって解ってるだろう！　この程度の事が耐えられないなら、お前はこの世界には向いてない。おままごとでやってゆけるほど、甘くなんてないんだよ！」

……悔しい。ただそれだけだった。社長の言葉がこの世界で生きてゆく上で理解せざるを得ない事も、悔しさに拍車をかけた。

社長の言うとおり、この世界は弱肉強食だ。強い者だけが上に立ち、弱い者は喰われてゆく。強い者……それは、個人が持つ才能や個性、地位や権力……そして何より……運を持っている者だろう。

――この世界は迷路《ラビリンス》だ。チャンスという運からスタートする巨大な迷路だ。……僕はその中へ入ってゆけるか？　光を見つけられるまで彷徨《さまよ》い続けられるだろうか……？

すぐに答えを出せない僕は、闇の中へ突き落とされた気がした。

すっかり自信を失った僕は孤独感に苛まれていった。

そんな時、彼女から手紙が届いた。

——……？　今週の手紙はもう来てたよな。週に二度も手紙が来るなんて初めてだ……。

ぼーっとしながら封を開けた。綺麗な文字が目に入る。

及川《おいかわ》勇斗様
拝啓　仲秋の候、ますます御健勝の事とお慶び申し上げます。

お元気でお過ごしですか？　先日発売された及川さんが載っている雑誌、拝見しました。及川さんが元気のないように見えたので、心配になりお手紙を出させていただきました。私の気のせいだったらごめんなさい。

ただ、いつもは及川さんを見るだけで元気が出るのですが、何だか悲しい気持ちになってしまって……。

私が初めて及川さんを知ったのは、一昨年の夏でした。お目にかかった事もない方なのに、及川さんを見た時、何故か元気が出ました。今思うと、及川さんが頑張っている姿を見たからかもしれませんね。

私には応援する事しかできませんが、雑誌などで及川さんを見るたび、嬉しい気持ちになります。

及川さんの存在で、幸せになれる人がいるという事を、楽しみにしている人がいるという事を……、どうか忘れないでください。

乱筆お許しください。

敬具
ＦＬＹ

——先日発売された雑誌？……先月は何の仕事も入ってなかったぞ？

軽い疑問が一瞬生じたが、深く考えはしなかった。

手紙を読み終えた僕は、落ち込んでいる自分が恥ずかしくなっていた。

——何を弱気になっていたのだろう……。何を逃げ腰になっているのだろう……。

こんな僕でも応援してくれる人がいるのに、何故……孤独だなんて思っていたのだろう。僕はまだ、一人じゃないのに。

この世界が厳しい事など、初めから解っていたはずだ。こんな経験をしているのだって、僕だけじゃない。僕以外にも山ほどいるはずだ。しかし、皆へこたれずに粘り、強くなってゆき、そうして生き抜いた者こそが勝者の称号を得る。そんな奴がごまんと存在するこの世界で、泣くか笑うかは自分の意志と行動によって定まるはずだ。

――駄目だ！　今のままじゃ駄目だ！　もっと現実に打ち勝つ強さを身に付けなければ！　でなければ、僕は確実に負け犬になる！

僕は、この時自分の弱さを知った。今までの僕がただの甘ちゃんだった事に、やっと気付いた。そんな僕でも使ってくれている通販雑誌やチラシ広告の仕事に、初めて感謝する事ができた。

彼女の手紙が届かなかったら、僕はどうなっていただろう。彼女の手紙はまるで僕の身に何が起こっているかを察しているような内容だった。

こうして今の僕に至る。

彼女からの手紙は、その後も週の初めに必ず送られて来ている。

現在の僕はさっきも話したとおり、その後もオーディションに数多く落ちては今日のように社長にどやされる日々を送っている。

しかし、与えられた仕事に対し感謝する気持ちを持てるようになったのは、あの頃の僕よりも成長できた証だろう。

無駄な経験などないんだ。そう言い聞かせ、届いたばかりのファンレターを手に、自宅へ向かった。

この時、僕が気付いていたら、この先の未来は今と違っていただろう。
だけど、僕は気付けなかった。
気付けるわけがないんだ。
だけど、もし……。
もしも、気付けていたならば……。
彼女は今も側で笑ってくれていたかもしれない……。

Ⅱ始まり

家に着き、古びたドアを開ける。

グギギギィ。

必ず耳障りな音を発するこのドアを、僕は引っ越して来た時から好きになれない。この音は田舎の実家で廊下を歩くたび放たれる軋《きし》んだ音に似ていて、それを聞くと、可能性さえ抱けなかった過去が甦る。

冷蔵庫からビールを取り出す。ため息混じりにソファへ座り、プルタブを開けた。手紙を取り出すと同時に、コツンッと何かが落ちた音に気付く。床に転がる石を見つけ、手に取る。石は月の光に照らされピンク色に輝いていた。小さくても存在感の強い石を握りしめたまま、早速手紙を読み始めた。

及川勇斗様
拝啓　寒冷の候、ますます御健勝の事とお慶び申し上げます。

お元気ですか？　及川さんが出ている雑誌、拝見させていただきました。髪の色が少し明るくなっているように思いましたが、私の気のせいでしょうか？　及川さんの姿を雑誌などで見つけると、つい嬉しくて何冊も買ってしまいます。及川さんには、たくさんの幸せをもらっています。陰ながら、応援しております。

先日、街で綺麗な石を見つけたので、思わず買ってしまいました。ムーンストーンというそうで、持っていると良い事があるそうです。及川さんに良い事がありますように……という願いを込めて、同封させていただきます。ご迷惑でなければ受け取ってください。側に置いていただけると嬉しいです。

敬具
ＦＬＹ

「良い事があるか……」

手紙を折りたたみ、無意識に苦笑していた。

僕は、占いやまじないといったものは全く信じていない。そんなもので願いが叶うのであれば、この世は身勝手な人間の手により、とっくに滅びているだろう。第一占いやまじないで願いが叶うのならば、今までの必死な思いで努力してきた月日は、いったい何だったのだ。

僕はムーンストーンという石を無造作に放り投げた。石は月明かりを浴び、床の上を転がった。悲しげな石をしばし見つめたあと、ベッドに身を沈めた。石が深い眠りに落ちてゆく僕を静かに見つめている気がした。


そしてそれは、今考えると……、全ての始まりだった。

二〇〇四年十月四日
携帯の着信メロディで目が覚めた。

寝不足の目を擦りながら、体を起こす。

「休日くらい、ゆっくり寝かせてくれよ」

ため息混じりに苦い笑みを浮かべ、携帯電話を手に取った。

ディスプレイに〝事務所〟の文字が浮かんでいる。条件反射のように、不安な気持ちになる。恐る恐る通話ボタンを押す。まだ寝ぼけている僕の鼓膜に、社長のドデカイ声が響いた。

『おい！　決まったぞ！　コマーシャルだ！　ＣＭだ！』

「……ＣＭ！」

飛び起き、電話に喰い付く。

『お前が出てた雑誌を見て、ディレクターが依頼してきたんだ！　こんな事は滅多にないぞ！　おい！　今すぐ事務所に来い!!』

「はい！」

曙光が射し込む。急いで身支度を済ませ玄関に立った。

昨夜放り投げたムーンストーンが目に入る。悲しげに転がっているムーンストーンという石が何だか少しいじらしく思えた。名もない俳優の僕を、ずっと応援してくれているＦＬＹからの品……。

僕は、石を拾い上げ、即座にポケットへしまった。

事務所に向かう道がいつもと違う景色を見せる。いや、僕は今まで景色を眺めるほど心にゆとりなど持てていなかった。興奮気味にドアを開けると、事務所の人達の対応は今までにない温かいものだった。

「勇斗！　良かったねぇ！　応援してるよ」

掌を返したような態度。

「いやぁー……、お前にこんなデカイ仕事が入るとはなぁー……人生何が起こるか解んねぇもんだなぁー……」

社長は僕を眺めながら首を傾げ、戸惑いを隠せない様子で言った。

僕自身、今起きている出来事を前にただ唖然としていた。この時の感情を言葉にすれば、事実は小説より奇なり……と言ったところだ。

僕は夢にまで見たテレビデビューを、思いがけず果たす事になったのだ。

それも、何の前触れもなく突然に……。

突然の変化に戸惑う。僕の脳裏に、昨夜の出来事が甦った。ポケットにしまい込んだ石に手を伸ばし、取り出す。掌で輝く石を、何故か大切にしなくてはならない気がした。どうしてそう思ってしまうのか、僕自身解らずにいた。


今思い起こせば、心の中で何かが懸命にそう訴えていたように思える。

僕は、思っていた以上に焦っていたのだろう。親父との約束の日が近づき、残された時間が少なくなってゆくにもかかわらず、何も成果が出せない自分に焦り、藁にも縋る思いだったのかもしれない。

そうでもなければ、迷信めいたムーンストーンを持ち歩くはずはなかった。普段全く信じていないものに、もしかしたら……などとかすかな期待を抱いたのは、現実を変えたいという僕の願望だったのだろう。

事務所の人達が僕の門出を祝う中、石をお守りの中へそっとしまった。

これが、僕を残酷な闇へ突き落とすとも知らずに……。

Ⅲ変化する現実

僕の生活はこの日を境に目まぐるしく変わっていった。

事務所の松本社長と共に広告代理店へ出向き、プロデューサーやクライアントの宣伝部長に会う。今までの僕には考えられない展開だ。代理店は大きなビルだった。それは上京した当時、東京の街並みを見て抱いた希望や不安を甦らせた。

「及川くん？　初めまして、落合です」

「は、初めまして！」

極度の緊張から声が裏返る。ハラハラした様子で社長が僕の腕を突っ突く。落合さんは強張《こわば》っている僕の顔を覗き込んだ。

「おおぉーう！　男前だねぇー。男の俺でもドキドキしちゃうよ」

ジョークに、わずかだが緊張が和らぐ。

「大丈夫、大丈夫。俺が選んだんだもの！　君なら平気だよ」

「宜しくお願いします！」

大声で言った。

「あひゃひゃひゃひゃひゃ！　元気だねぇ」

独特の笑い声は、緊張と不安をあっという間に消し去ってくれた。やる気が漲り希望《みなぎ》が充溢《じゅういつ》する。心に光が満ち溢れる感覚。自然に顔がほころんでゆく。

「頑張ります！」

会議室に通され、落合さんからCMの資料を受け取る。

「チョット待っててね。今クライアントが来るから」

「はい」

「そんなに緊張しないで大丈夫だよ。リラックス、リラックス」

「はい！」

落合さんは微笑んでみせると、時計を見ながら部屋を出ていった。そっと深呼吸を繰り返す。

大きな会議室には、テーブルと椅子だけが置いてあり、殺風景な部屋をより広く見せた。隣に座っている社長も、何処か落ち着かないようだ。

僕の所属事務所は、この業界では小さく存在感も薄い。大手ならマネージャーが行うような業務も社長自らが行う。力もないに等しい。だが、上京したてで右も左も分からなかった僕を拾い上げてくれたのは他でもない、社長だった。いつもは大きく存在感のある社長が小さく見えた。その姿にこの業界の厳酷さを感じ取った。

ノックの音が響いた。

「お待たせしました。こちらがクライアント先の村上部長です」

村上部長は大手製菓会社の宣伝部長であり、声の大きい大柄な中年男性だった。

「初めまして！　及川勇斗と申します。宜しくお願いします」

「こちらこそよろしく！　良い作品ができそうで楽しみですよ」

大きな手が僕の両手を包んだ。

「頑張ってくださいね！　応援してますよ」

「ありがとうございます！　精一杯やらせていただきます」

村上部長の迫力に負けないよう、腹から声を出す。にこやかに微笑む村上部長に、再度深く頭を下げた。

今回与えられたＣＭの仕事はチューインガムのＣＭであり、第一話、第二話……というドラマ形式で進む段取りになっている。初回のＣＭは、一人、砂漠を彷徨いながら辿り着いたオアシスで宝の箱を見つけ、その中からチューインガムが妖精と共に飛び出すというファンタジーライクな内容だ。

一見安っぽく聞こえるが、砂漠の場面やオアシスの映像は最新の技術で合成して制作されるので、どの場面においても一つのアートになるという。ドラマ仕立てで進んでゆくため、第二話以降の撮影も続けて行われるという話だ。

台本を手にすると、主演の欄には及川勇斗とハッキリ記されていて、信じられないでいた現実がだんだんと真実味を帯びる。つい先日まで落ち込んでいたのが嘘のように、眩しく光り輝く華やかな舞台の前に立っている。そう、僕は今、チャンスという名の可能性を手に入れたのだ。そんな思いが強い興奮を招き、僕を武者震いさせた。

二〇〇四年十月二十一日

撮影当日は晴天に恵まれた。目覚めて窓を開けると、今日という日を祝うように輝く朝日が射し込んだ。見慣れているはずの景色が新鮮で、思わず空気を吸い込む。上京したばかりの頃は、空気の汚染《きたな》さに顔を曇らせていたのに、その空気さえうまく感じた。

しばらくし、車のクラクションが聞こえる。初めての迎えに心が弾んだ。いつもはバスと電車を乗り継ぎながら向かう仕事場だが、車を寄越す事務所の対応は、ＣＭがどれほど大きな仕事かを実感させた。

僕を乗せ、ワゴン車は撮影現場へ向かって走り出した。流れゆく景色を眺め、緊張緩和に努めた。

第一作目の撮影は地方の大きな海岸で行われ、砂漠の場面は海岸に沿う砂浜で撮る。砂漠と聞いた時は、何処か海外に行かなければならないと思ったが、周りの景色は本物顔負けの映像へと合成されるという。

二時間ほど車が走ると、だんだんと潮の香りが辺り一面に広がった。

「もう着くぞ。気合いいれておけよ」

「はい」

運転していたスタッフの声を聞き、精神統一をする。

窓の外に視線を移すと、青々とした海原《うなばら》が顔を出した。光り輝く海の青さと広大な青空に、思わず感動した。

撮影現場に足を踏み入れると、制作クルーと共に落合さんが僕を迎えた。

「おはよう。リラックスして頑張って」

「宜しくお願いします。いい作品ができるように頑張ります」

落ち着いた口調で答える。眩しいほどの晴天。一面に広がる青空が僕を優しく包み込む。足元に広がる砂浜は何処までも続いているかの如く広大で、その美しさは僕を魅了した。緊張していた気持ちが自然の力に癒されてゆく。こんな気持ちは初めてで、今までの僕がいかに物事に対し関心を示していなかったかが分かった。

メイクをされ、僕はだんだんと変身してゆく。

「メイク終わったら撮りに入るから、よろしくね」

「はい！　いつでも大丈夫です」

偉大な自然の力なのか……。自信に満ちた返事が口から零れる。メイクが済み、大勢のスタッフが見守る中、いよいよ撮影が幕を開ける。

「リラックスしていこう」

胸いっぱいに空気を吸い込む。

「よぉーい……、スタァァート‼」

監督の声で撮影が始まる。

カメラやライトが、僕の動きを追いかける。

世界が自分中心に動いているような錯覚に囚われながら、台詞の一つひとつを口にする。

生まれて初めて、人に見られる気持ち良さを体感していた。全身で呼吸をしているようなこの感覚は、僕を何度でも生まれ変わらせてくれる。何処までも続く青空が僕を神秘的な世界へ招く。全てのものが僕を必要としているみたいだ。あんなに自信がなかった僕が、まるで別人のようだ。

「カット！　ＯＫ！　お疲れ様」

監督の声が響き、その場に倒れ込んだ。

現実に引き戻される。閉じた瞼を開け、再び広がる青空を眺める。現実の中でも、僕は自信に満ち溢れた人間へと変化していた。自信のない人間より自信を持っている人間のほうが何倍も魅力的に映るだろう。その魅力は芸能界において、かけ替えのない財産だ。

弱い僕など、もう何処にもいない。

一度でＯＫの出た撮影は一時間ほどで終了した。

全てが上手く運んでいる状況を少し怖いとさえ感じていた。

初めてのＣＭ撮影は、嵐のように現れ、嵐のように去っていった。

二〇〇四年十一月十八日
撮影したＣＭが放送された。
ブラウン管越しで微笑んでいる僕が、別人のような感覚に囚われる。事務所の人達は、まるで僕を王様のように持て囃した。初めは露骨な対応の変化に嫌悪感すら感じたが、その空気は僕にとって心地の良いものだった。
次第に僕は持て囃される事に慣れてゆき、傲慢な人間に変わってゆくのに時間はかからなかった。

二〇〇四年十一月二十四日
テレビ出演を果たした僕は、それをきっかけにちょくちょく仕事が入るようになっていった。やりたくてもできないでいた、ファッション雑誌のモデルが良い例だ。今までは何度オーディションを受けても手の届かなかった仕事だったのに、今は出版社側から依頼が来るのだから、人生なんて本当に何が起こるか分からない。通販雑誌やチラシ広告のモデルなどと比べようがないほど、ファッション雑誌の世界はきらびやかで、眩《まばゆ》い大きなセットは僕を圧倒した。僕のために用意されたセット……。

僕は有頂天になっていった。

事務所の人達は、さらに僕を手厚くもてなした。だんだんとファンレターの数も増えてゆき、改めてマスメディアの偉大さを感じていた。

何通も届く僕宛《あて》のファンレターは段ボールいっぱいに溢れ、僕の存在価値が上がってゆくのを示していた。ファンレターの大半はラブレターのようなもので、携帯番号や住所、メールアドレスが書かれたものが多かった。ファンレターの他にも、プレゼントなどが贈られて来ていた。日に日に数を増してゆくファンレターやプレゼントに、最初こそ感動していたが、次第にその存在を鬱陶《うっとう》しく思い始めた。

――また来たのか……、別にいらないのに……。

それが僕の本音だった。そして次第に僕はＦＬＹをも忘れていった。

その頃からだった。僕が、毎晩同じ夢を見るようになったのは……。

夢の中には、髪の長い女性が現れた。黒髪が印象的な、色白の美人だ。周りの景色はかすみ草に覆われ、不思議なほど現実味を帯びていた。何処か懐かしい空気が漂う中、彼女はにこやかに微笑み、決まって僕にこう問いかける。

「ねぇ、勇斗は翼があったら何処にゆきたい？　私は翼があったら愛する人の側へゆきたい。ずっとずっと、側にいたい」

彼女の声は透き通るような女らしい声で、微笑みを浮かべる顔には汚れを知らない幼さが残っていた。

「勇斗……。好きよ。私、あなたが好きよ」

大きな瞳で僕を見つめ、手を握ろうとするところで決まって目が覚めた。

気にはなったが、この夢を深く考える事はなかった。しかし、必ずと言っていいほど誰かに見られている感覚に陥った。誰もいない部屋で、誰かが僕を見つめているような……、真っ直ぐな視線で、僕を捕らえているような……、そんな感覚が沸き上がっては、不安になった。はじめは気にもせず再び眠りについていたが、余りにも繰り返される同じ夢に、妖しい気配に、いつしか僕は恐怖心を抑えられなくなっていった。

ありⅰ得るはずがない。僕しかいない部屋の中で、誰かの視線を感じる事など……。

――この部屋には僕しかいない。

そう言い聞かせ、沸き上がる恐怖心を誤魔化した。

いや……、深く考えるのが怖かったんだ。あり得ない事を、受け入れてしまうのが……。

二〇〇四年十一月二十六日
社長は僕に専属の付き人を付けた。付き人の岩本《いわもと》は僕に対し傲慢な人間であったが、それも仕方のない事だった。

岩本は僕と同じ事務所のタレントであったが、少し前の僕同様全く芽が出なかったため、事務所のスタッフとして扱われるようになった人間だからだ。

「まぁ、一発屋で終わらないように頑張って」

それが岩本の口癖だった。

不愉快になるものの、僕は岩本を憎めずにいた。売れずにいる苦しみは、僕が一番分かっていたからだ。僕に対しては傲慢な態度の岩本も、以前の僕のように事務所に戻れば居場所などない。タレントではなく〝付き人〟という立場が唯一見つけられた場所なんだろう。

そんな岩本を、僕は正直不憫に思っていた。だけど本当は馬鹿にしていたのかもしれない。傲慢な態度を見せる岩本を僕は哀れみながら見下し、そしてそうすることで安心していた。

岩本は敗者だ。

岩本のようにならなくて、本当に良かった……。

そう思っていた。心の中で、岩本は可哀想な奴だとレッテルを貼っていた。僕は傲慢に振る舞う岩本をただの弱者だと思っていた。心の何処かで岩本を笑っていた。


広告代理店に着き、プロデューサー以下制作チームと打ち合わせをする。

僕が出演したCMはドラマ仕立てで展開してゆく。それが視聴者にはインパクトがあったらしく、僕は引き続き出演の依頼を受けていた。

打ち合わせの最中、隣にいた岩本が口を挟んだ。

「どうしてうちの及川を出そうと思われたんっすか？」

その言葉は、付き人としてではなく岩本の嫉妬心から出た言葉だと、手に取るように分かった。

複雑な心境だったが、僕自身疑問に思っていたのであえて何も言わずに落合さんの返事を待った。

煙草の煙を吐きながら、キョトンとした表情を浮かべ落合さんが言った。

「あぁー……。自宅に置いてあった雑誌を、何気なく見てたんだよ。そこに及川くんが載っててさ。何て言ったら良いのかなぁー……。及川くんの後ろに、何かピンクのオーラみたいなのが見えたんだよね」

ピンク……。あのムーンストーンが脳裏に浮かんだ。

「いや、本当はね、このCMは三竹篤《みたけあつし》に決まってたんだけど……。及川くんを見てから、どうも気になってね。クライアントに相談したら、及川くんのほうがイメージ的にも合ってるんじゃないかって話になって、急遽依頼した訳！　いやぁー、俺の見る目は当たってたよ」

落合さんは僕に微笑んで見せた。

頭の中が混乱していた。

三竹篤といえば、今話題のトップスターだ。ドラマや映画など、最近の作品はほとんどと言っても過言ではないほど、三竹篤が出演している。三竹篤を蹴ってまでも、僕に依頼をするとは……。

——これは、ムーンストーンの魔力なのか？

そんな思いが押し寄せる。

「……ありがとうございます」

戸惑いを隠せないまま、落合さんに言った。疑念を抑えられずにいた。

打ち合わせを終え、広告代理店を出る。

頭の中は、ムーンストーンやFLYの事でいっぱいだった。

この気持ちをどう表現したら良いのだろうか。信じられない気持ちや信じてみたい気持ち……。仕事にありつけた喜びもあるが、何処か薄気味悪い思いもあった。

そう……、恐怖心。少し大袈裟《おおげさ》だが恐怖心という言葉が適切だっただろう。

もし……、ムーンストーンの魔力が僕に奇跡を与えたのだとしたら、ムーンストーンを僕に贈ったFLYは、いったい何者なのだろう……？

謎が僕を手招きしていた。

「おい！　今日は事務所に顔出さなくてもいいんだろう？」

「あぁ」

「へいへい、分かりましたよ。お疲れさん」

生返事をするのがやっとだった。岩本は深いため息を吐き、車を発進させた。僕はだんだん小さくなってゆく車をしばし眺めていた。


家に帰り、お守りの中からムーンストーンを取り出す。僕の不安をよそに、ムーンストーンは掌でピンク色に輝いている。その小さな石ころを、さまざまな角度から眺めてみる。

「こんなの、何処にでも売ってるよな……」

ムーンストーンをしまおうとした時だった。

かすかに触り心地の違う部分に気付く。何かが彫ってある。

「文字か？　それとも、記号か何かか……？　いや、違う。これは……、羽だ……」

ムーンストーンに、小さく羽の絵が彫ってあった。

「な……んだ？」

突如視界が揺らぎ始める。しっかりと開いていた瞼が急激に重くなる。強烈な睡魔が襲いかかる。立っていた足から力が抜け、床に倒れ込んだ。

意思とは裏腹に瞼を開ける事もできず、僕は深い眠りに落ちていった。

「ねぇ、勇斗は翼があったら、何処にゆきたい？　私は、愛する人のもとへゆきたい。愛する人の側にいたい。ずっとずっと……、側にいたい」

夢の世界だと解っていた。辺りは一面のかすみ草に覆われ、かすみ草が揺らめく中、僕にそう問いかける女性は俯き加減で微笑んだ。

彼女の黒髪は腰まで伸びていて、緩やかな風が吹くたびしなやかに揺れ動く。華奢な体は、薄いピンク色のワンピースに包まれ、彼女の魅力を一層引き立てている。

大きな瞳が僕を捕らえるたび、彼女の瞳に吸い込まれてしまいそうになる。

「君は、誰？」

彼女の美しさに見惚れながら、そっと問いかけた。

「未来《みらい》。滝沼《たきぬま》未来」

そう名乗り、未来は優しく微笑んだ。未来はそっと僕に近づき、手を握ろうとした。瞬間的に手を隠す。

いつもはここで目が覚めてしまう。未来と一緒にいたかった。何故？　彼女の魅力のせいなのか……？

それとも、この夢がいったい何なのかを解明するためなのか？　手を隠したまま俯いた。そんな僕を未来は驚いた顔で見つめた。

「まだ一緒にいてくれるの？」

「あぁ」

未来が嬉しそうに笑う。

「ねぇ、勇斗は翼があったら何処にゆきたい？」

未来が再び問う。

「人が……、蹴落とし合ったり傷つけ合わない場所までゆきたい」

どうしてそんな事を言ったのか、僕にも分からなかった。ただ疲れていたからなのか、あるいは蹴落とされる立場から持て囃される立場へ急変していった日常に、人間の残酷さや悲しさ、絶望や不安を見てきたからなのか。

僕は自分が思っていたよりも、もっともっと疲れていたのだろう。

人は皆、本当はきっと弱者なんだ。弱者でありながら、強者という仮面を被るか被らないか……ただそれだけの違いなのだろう。

生きる事は難しい事だ。優しい心を持つ者、醜い心を持つ者、強い心を持つ者、弱い心を持つ者。さまざまな人間がこの世には存在している。どんな人間にも心はある。ただ、その心を弱いものにするか、強いものにするか……。優しいものにするか、醜いものにするか……。それは個人個人の経験の重なりによって、変わってゆくもの、作られてゆくものであり、もしかしたら本人の気付かぬところで築き上げられてしまうものかもしれない。

そう……人格のように。

人間は弱い。

何かを傷付ける事で、見下す事で、一時的であっても安堵する。自ら人を傷付けなくても、傷付いている人や、自分より弱い人間を見ると、心の中に悪が顔を出す。

良かった、僕でなくて……。

そんな思いが心の奥で安心感を与える。

そう、僕が……気付かないうちに、岩本を見て思ったように……。

だけど、本当にそうなのだろうか？　本当はもっと、違う生き方ができるはずだ。

その事に一人でも多くの人間が気付けば、僕達はゆけるのではないだろうか？　人が蹴落とし合ったり、傷つけ合ったりしない場所まで……。

　自分の無力さに俯き黙り込むと、未来は僕の顔を覗き込んだ。

「勇斗は優しいのね」

　未来が言った。未来の声にかすみ草が静かに揺れた。僕は慌てて首を横に振った。

「優しくなんてない！　僕は卑怯な人間だ！」

「いいえ、勇斗は優しいわ……」

「違う！　卑怯だ！　弱い者に対し優しい顔をしながらも、物分かりのいい人間を演じながらも、僕はこう思う。良かった、僕ではなくて、と。さんざん欲しがっていた物が手に入った時、それが当たり前になった時に僕はこう思うんだ！　鬱陶しい、と」

　大声で言い放つ僕に、未来は微笑んだ。

「勇斗は卑怯な人なんかじゃないわ。卑怯な人間は、自分を卑怯だなんて思えないものよ。優しい人は、他人を傷付けられない分、自分を傷付けてしまうの。人を責められない分、自分自身を責めてしまう。……だけど、それは人に優しい証じゃない。勇斗は前者でなく後者だわ。だって、心が汚れてゆく自分を許せないでいる。それは、後者である証拠でしょう？」

　未来は僕を見つめると、そっと手を握った。周りのかすみ草が歌うようにざわめき合う。かすみ草に包まれ、未来の姿がぼやける。

「未来！」

そこで目が覚めた。

まだすぐそこに未来がいるような気がしていた。いつもは恐怖心さえ感じていた人の気配も未来に違いない気がした。掌にはムーンストーンが握られていた。未来の言葉は僕の心を楽にしてくれた。僕は何か大切な事を忘れていたのだろう。失いかけていたのかもしれない。未来があの言葉をかけてくれなければ、きっと失っていただろう。そして、失った事にさえ気付かなかっただろう。

感謝するという気持ちを。

人間らしい思いを。

僕は、必ずムーンストーンを持ち歩く事に決めた。お守りの中へムーンストーンをしまうと、お守りに紐を通し首にかけた。いつも肌身離さず持っていれば、この世界でも未来に逢えるような気がしていたからだ。未来はこの世界に実在している。何故かそんな予感がしていた。

どうしてそんな事を思ったのだろう……。

でも、僕の中で何かがそう言っていたんだ。未来は存在すると……。

そして、僕の予感は当たった。

Ⅳ出逢い

二〇〇四年十二月四日
その日は久しぶりのオフだった。

ＣＭの製品であるチューインガムは今、凄い売れゆきだそうで、落合さんや村上部長は大喜びしていた。

僕はファッション誌のメインモデルやトーク番組など、大きな仕事も舞い込むようになり、街を歩くと声をかけられる事も増えていった。

心の中には、いつも未来がいた。

あの日の夢以来、未来は夢に出てこなくなった。

毎日のように夢に現れていた未来を最初は気味悪く思っていたはずなのに、あの晩未来に逢ってから、僕にとって未来はとても気になる存在になっていた。

未来のあの言葉で、事務所の人達に対しても僕を応援してくれるファンに対しても、感謝する気持ちを抱けるようになっていった。大きな仕事をこなすたび数を増すファンレターを、全て読むようになったのも僕にとって大きな変化だった。

僕にあの石を贈ったＦＬＹからは変わる事なく手紙が届き、ＦＬＹの存在が消えていなかった事は僕を安堵させた。

岩本は相変わらず傲慢な態度を見せたが、僕の仕事が増えてゆくたび少しずつだが、変化が見られるようになった。必死で居場所を確保しようとする岩本が痛々しく思えた。岩本に対し、特に言葉をかける事はしなかったが、可哀想な奴だと見下す事はなくなった。

人間が短期間で変わる事などあり得ないはずだが、あの夢以来、僕の心は変わっていった。

まるで誰かに操られているように、急激に……。

少しずつ大切なものを取り戻していった僕は、ほんの少しだけ自分を好きになれた気がする。

今まで、自分を好きになるという事は自分を甘やかすものだと思っていた。自分の事は棚に上げ、人を批判する事しかできない馬鹿な人間のみが、自分自身を好きになれるのだと思っていた。

だけど、それは違った。

違った意味で、自分を好きになる事ができるのだと初めて気付いた。

そしてそれは生きてゆく上でとても重要だという事も……。

人は馬鹿にされる事や見下される事、存在を貶められる事を嫌う。だけど人は生きてゆく中で、傷付け合い、慰め合いながらこの世界に存在している。生きてゆく上で、自分を守るために弱い立場の人を見ては安堵を感じる。そうする事で自分の存在を強い者だと錯覚する。どんな人間であっても、皆そうして生きてゆくものなのかもしれない。

だけど、汚れた部分を持ち合わせるように、どんな人間にだって清い心がある。清く美しい心を表せた時、その時間は心地良いものだろう。そして、そんな自分を少し褒めてやれるだろう。

未来は僕にそうメッセージを贈ってくれた気がした。

僕は夢の中で逢った未来を架空の人物だとは思えずにいた。

夢の中にしか現れない幻とは、どうしても思えなかった。

未来に逢えそうな予感だけを胸に、渋谷の街を一人、彷徨い続けた。

忙しそうに歩く人波に呑まれながら、未来への想いを募らせていた。

街中を歩くと、未来が何処かにいるような気がする。何処かで未来に逢えそうな気がしてしまう。髪の長い女性とすれ違うたび、未来ではないかと期待してしまう。すぐ側で、未来が僕を待ってくれているような気がしてしまう。あの美しい微笑みを浮かべながら……。

「おかしくなっちまったのかな……」

呟くように言った。頭の中は、未来一色に染まっていた。

太陽がだんだんと傾き、僕の頬を紅く染める。時刻は午後四時を回っていた。足元に伸びる影が、徐々に面積を広げてゆく。所狭しと立ち並ぶビルとビルとの合間で、紅い光を放ちながら夕日がゆっくりと姿を露《あらわ》にする。夕日が紅みを増すたび、未来に逢えない切なさに胸が締め付けられる。

今何時だろう……？　どのくらい未来を探し続けているのだろう……？　腕時計に視線を移す。時刻は、午後四時十九分を回っていた。人波の騒がしいメロディーに切なさが増してゆく。深くため息を吐き、足元の影を見つめる。俯いていた僕は顔を上げた。

――…………！！

息を呑み、自分の目を疑った。

――夢……か……？　また夢を……、見ているのか？

心拍数が増す。明かりを灯した渋谷の街並みを、静かな足取りで歩いてくる女性が僕に近付く。

――こんな事、あるはずが……起こり得るはずが……ないんだ。

頭の中で正常な僕が、目の前の光景を必死に否定している。僕の心が夢と現実に左右される。周りの景色が映画のワンシーンのように、スローモーションになってゆく。さっきまであんなに忙しそうに歩いていた人々も、紅い夕日に染まっていた全てが、まるでゼンマイを弱めた人形のように減速してゆく。

景色が時間を緩める中、声にならない声でそっと呟いた。

「……未来」

彼女は僕の前で足を止めた。僕達は、互いにその場に立ち尽くした。

「未来！……未来、未来……未来！」

次々に涙が溢れ僕の頬をつたう。溢れ出る涙が、目の前に佇む未来の姿をぼかす。

未来は夢と同じ微笑みを浮かべ僕を見つめた。真っ白いコートに身をくるめる未来は、夢で逢った時より遥かに魅力的で、風になびく長い髪はしなやかに揺れていた。

僕の頬を一つ、また一つと涙がつたう。

パッパパッパァー！

鳴り響く車のクラクションが一瞬にして僕を現実の世界へと引き戻した。

街並みがざわざわと騒がしさを取り戻す。現実の世界で、僕の前に佇む未来。何処か切ない笑みを浮かべた未来の大きな瞳に捕らわれた瞬間、僕はもう未来を愛していた。

――こんな事があるのだろうか……。

僕は運命なんて信じていない。一人ひとり、生まれた時から運命が決まっているなんて信じていたら、生きてゆく上でのあらゆる可能性が消え失せてしまう気さえする。

親父はよく言っていた。

『俺はこうなる運命なんだ。仕方ない』

小さな工場を経営している親父は、経営に行き詰まると決まってこう言った。僕は、親父のそんな口癖が嫌いだった。運命という言葉に逃げている気がしていたからだ。

運命というものが本当にあるのならば、それは自分が作り出してゆくもの、築き上げてゆくものの総称なのではないだろうか？　少なくとも、僕はそう信じていたかった。

しかし、僕と未来の関係は、あれほど毛嫌いした言葉《運命》。

そうとしか思えなかった。

未来を見つめていた。

頭の中が真っ白になっていた。

現実の世界が夢に支配されてしまったような、そんな感覚に陥っていた。

未来はそっと僕の手を取った。

「……逢えたね」

未来の手は温かく、これが夢ではなく、現実の世界である事を教えてくれた。

僕は生まれて初めて、運命という言葉を自分に使った。未来と僕は当然のように抱き合い、僕は未来を、未来は僕を……。共に必要とし合い、離れる事はなかった。

真っ赤に染まった夕焼けの街を、未来の手を握りしめ歩く。

「ずっとずっと、勇斗の側にいてもいい？」

「あぁ、側にいてくれ」

「私、ずっとずっと、勇斗の側にいる」

未来は僕を見つめ、柔らかな口調でそう言った。

僕達はそれ以上言葉を交わす事はなく、ただ二人寄り添っていた。温かい未来の手を繋ぎ歩く街並みは、今まで僕が見てきたどの景色よりも美しかった。

笑い合う人々を見ては、僕の心は安らいだ。悲しそうに俯く人を見ては、やるせない気持ちに苛まれた。子供達を見ては、あの子達の未来が明るく温かいものであるようにと祈り、老人が歩く姿を見ては、日本を平和に導いてくれた事に感謝した。僕の心は生まれて初めて人間らしくなっていた。

僕は身に起きている不思議な出来事を、何故か自然に受け止める事ができた。今までの僕には信じられない事だろう。ついさっき出逢ったばかりの人を愛してしまうなんて、以前の僕には考えられなかった。しかし、あの夢に現れた未来は、今、僕の前で微笑んでいる未来に違いないと確信していた。

未来が僕の夢に引き戻されないようにと、強く未来の手を握りしめた。決して僕から離れぬようにと……、現実の世界から未来が消えてしまわぬようにと……、必死に祈りながら……。

この不思議な出来事があんな悲劇を招く事になるとは、この時の僕は知る由もなかった。

Ⅴ化

僕達はあの夢について話す事はなかった。『夢で逢ったよね』などと未来に向かい言葉にするのが、恥ずかしかったのかもしれないし、口にしたら、未来がまた、夢に引き戻されてしまいそうな気がして、怖かった。

未来が僕の前から消えてしまったら……そう思うと、不安でたまらなかった。どことなく、未来もその話題は避けているように感じられた。

未来と僕の出逢いは言葉にするとてもチンプで、僕は未来との運命的な出逢いを、安っぽい言葉で表現したくなかった。

もともと恋愛下手で、好きになった女性に気持ちを伝える事が苦手だった。学生の時なども、交際をした女性から『あなたの気持ちが解らない』と言われては、その恋は終わりを迎えた。

付き合いが下手なためか、必要以上に気を遣ってしまう。気を遣われると相手も疲れるらしく、腹を割って話せる友達を持てた事すらなかった。僕自身、人に会うと疲労を感じていた。友達の輪にいても孤独だったのかもしれない。何故なら友達は親友ではなかったからだ。心を許す事ができなかった僕は、良い人の仮面を被った偽善者だっただろう。

そんな僕にとって、未来は初めて心を開く事ができた存在だった。

未来は不思議と僕の気持ちを理解してくれた。何も言葉にしなくても、僕の思っている事を知っているように思えた。僕はそんな未来を、怖いくらいに愛していった。

僕達は、まるでそれが当たり前のように同棲を始めた。そうなる事を自然と求めていた。

僕が仕事に向かうと、未来は掃除や洗濯をしてくれた。仕事から帰ると温かい手料理が待っていた。

一番感動したのは、疲れて帰宅する僕を、首を長くして待っていた未来の温かい笑顔だった。人間関係のシビアな芸能界から解放される唯一の自宅で、未来はいつも優しく微笑み、疲れきった心を癒してくれた。

未来がいつまでも僕の側にいてくれるようにと、心の奥で祈り続けた。

僕はあの石を大切に扱うようになっていた。今まで身に起きた数々の不思議な出来事は、奇跡や偶然などではなく、ムーンストーンの魔力だったと信じるようになった。ありえないはずの出来事は魔力によると考える以外、説明がつかなかったのだ。

石を手にするたび、未来がこの石に関係しているのではないかと思ってしまう。それとも、ＦＬＹ自身が未来で、僕を守るために現れてくれたのではないかと。

しかし、僕の仕事を応援してくれるＦＬＹとは対照的に、未来は僕の仕事に興味を示さなかった。

『芸能人の勇斗より、私の側にいてくれる勇斗が好きなの』

それが未来の口癖だった。僕に甘えてくる少女のような未来が、ＦＬＹと同一人物だとは思えなかった。

「綺麗な石ね。何て名の石なの？」

隣にいた未来がムーンストーンを見つめ、言った。

「何だったかな？　ファンの子が贈ってくれたんだ」

「ファンの子？　女の子？」

「多分ね。名前も顔も知らないよ」

「本当に？」

「あぁ」

嫉妬からか、未来は軽く僕を睨みつける。そんな未来に愛情が増す。

「本当だよ。お守りみたいなものなんだ」

「お守り？」

「コレを持ってから、良い事が立て続けに起きたし」

「良い事？」

「……逢えたじゃん」

恥ずかしさに俯いた。横目で未来を見ると、小さな顔を真っ赤にし、嬉しそうに微笑んでいるのが見えた。甘酸っぱい気持ちが充満する。

未来を熱愛していた。

第三の奇跡が起きたのは、未来と暮らすようになった三日目の朝だった。

二〇〇四年十二月二十四日
街はクリスマス一色に輝いていた。恋人達は肩を寄せ合い、子供達ははしゃぎながら走り回る。

朝から社長に呼ばれ、事務所へ向かう。できる事なら今日くらい未来と一緒にいたかったが、未来は嬉しそうに『何か良い報告に決まっているわ。早く行ったほうがいい』と、腰の重い僕を急かした。

輝くイルミネーションが鮮やかに街を彩っている。さすがに十二月下旬ともなると、寒さが本格的に街を包み込む。マフラーに顔を埋め、足早に人の群れを潜り抜けた。

事務所に着くと、皆の視線をいっせいに浴びた。社長が興奮しながら僕に叫んだ。

「おめでとう、勇斗！　ドラマだ！　お前にドラマの依頼が来たんだ！　何と、主役だ！　主役だぞ！」

「……主役？」

「あぁ！　お前ついてるな！　いきなり主役なんて、滅多にないぞ！　やったな！」

社長は僕の手を取り、ブンブン振った。

信じられずその場に立ち尽くす。しばらくの間、放心状態が続く。

こんなに物事が上手くいっていいのだろうか。奇跡が幾度も重なる事があるのだろうか。

無名だった僕が、いきなり主役の座を得るなど奇跡だ。こんな短期間で次々と仕事が舞い込むなど、芸能界では奇跡なのだ。

主役……、心の中で声にするたび、体の底から喜びが沸き上がってくるのを感じていた。

「ここまで来れば、もう怖いものなしだ！　あとは頂点目指して突っ走れ！」

「はいっ！」

社長が僕の肩を叩く。僕は服の上からお守りを握りしめた。事務所内に、僕を讃える声が溢れた。社長は僕に、今、人気絶頂の脚本家である森聡《もりさとし》史氏の恋愛小説が原作となった、切ないラブストーリーである事を告げた。

「良かったたっすね。おめでとうございます！　勇斗さん」

岩本が言った。

「……あぁ。ありがとう」

岩本の態度が急変していた。初めてのドラマ出演で、いきなり主役に抜擢された僕に対し周囲の目が変わったのは理解できる。しかし、岩本の急変は何なのだろうか？　僕が岩本を外すとでも思ったのだろうか……？　岩本を見て、心が複雑に揺れた。

興奮しながら帰路に就く。雲の上を跳ねるように表参道の人混みをすり抜ける。きらびやかに光るイルミネーションストリートが喜びを強調する。街中を歩く無数の人達が、まるで僕を歓迎し栄光の道を用意してくれたみたいだ。

この喜びを誰よりもまず未来に伝えたい。きっと、未来もあの優しい笑顔で喜んでくれるに違いない。心は躍り、胸が弾んだ。駅前のケーキ屋で豪華なデコレーションケーキを買い、今日の日を祝うシャンパンを探し求めた。ケーキが崩れないように両手で優しく抱えながらも、足取りは未来のもとへとスピードを増す。

未来の笑顔が目に浮かぶ。きっと、僕以上に喜んでくれるだろう。

未来と過ごす初めてのクリスマスという事もあり、奮発して上等なシャンパンを購入する。

「お疲れ様。いつもありがとう」

街角に立つポストや、胸を張り立ち続ける自動販売機に向かい呟いた。心がこの上もない幸せに満たされていた。

人は幸福に満たされると、普段現れない清い心が顔を出すものなのかもしれない。自分の中にひっそりと隠れていた清い心を失わないように胸に留めた。

煙草屋の角を曲がり、自宅に近付く。いつもは華やかな世界から古ぼけたアパートに身を潜める自分を何処か虚しく感じるのだが、階段を上るたびにギシギシと鳴る悲鳴のような音さえも、未来に近付くためのリズムに変わる。

ドアノブに手をかけ、玄関のドアを開けた。

「ただいま、未来！　凄いニュースだ……」

視界に真っ暗な部屋が映し出され、物音一つしない静かな空気が身を包む。

「未来！　おい！　いないのか？」

大声で叫んだが、いつも出迎えてくれる未来の姿はそこにはなかった。

そっと部屋に入り、未来を捜す。暗い部屋の中に足音だけが響く。未来が消え去ってしまったのではないだろうか？　僕の夢に引き戻されてしまったのではないか……？　いつも心の中で、僕を脅かす不安が溢れる。心の声に怯えながら、未来を捜した。不安や戸惑いに押し潰されそうになった時、部屋の奥に横たわる人影が目に入った。

未来はソファに横になり、眠っている様子だった。僕を脅かす心の声は未来の姿に敗れ、未来が消え失せていない事に胸を撫で下ろす。

――待ちくたびれたのだろうか？　早く帰ってやれば良かった。

そんな思いで部屋の電気を点けると、テーブルには僕の大好物ばかりが並んでいた。

未来も、僕と迎える初めてのクリスマスに胸を躍らせていたようで、テーブルの真ん中には小さなクリスマスツリーがチョコンと可愛らしく立っていた。

「未来、ただいま」

声をかけるが、未来は何の反応もしない。体を静かに揺さぶり、再度声をかける。

「帰ったよ。未来？」

未来はピクリとも動かず横たわったままだ。不審に思い、未来の顔を覗き込んだ瞬間、息を呑んだ。

「未来……！！」

未来の姿に、思わず言葉を失う。未来は大きな瞳を開けたまま、瞬き一つせず動かない。瞳を見開いたままで、微動だにせず横たわっている。

――何なんだ！……死んでいるのか……？……未来？

状況も呑み込めぬまま、慌てて未来の体を揺さぶる。

「未来！　おい！　未来！」

必死に体を揺さぶっても、未来が動く気配は全くない。ただ瞳を開いたまま横になっている。慌てふためき、未来の呼吸に耳を澄ます。

——死んでいるはずはない。未来は確かに息をしている。

寝息にも近い、安定した呼吸を確認する。

——どういう事だ……？　僕をからかっているのか？　いや……、でも……、瞬き一つせず動かないなんて……。

頭が混乱の渦に呑み込まれる。

「未来！　起きてるのか？　おい、未来！」

懸命に叫ぶ。叫び声にも反応せずに、未来は横たわったままだ。白く透き通った肌と、大きく澄んだ瞳。艶のある長い髪は美しく流れ、瞳を見開いたままの未来はまるで人形のようだった。

僕は未来を見つめ、今の状況を理解しようと頭を回転させる。心臓は動揺と混乱で激しく暴れ、頭の回転を鈍らせる。横たわる未来の前でただただ狼狽していた。

——……おかしい。未来がこんな悪ふざけをするはずがない！……そうだ！　病院に！

急いで受話器を取る。

——早く救急車を呼ばなければ！　早く！　早く！　未来が消えてしまう！　いなくなってしまう！

未来がいなくなる。僕が一番恐れている感情が、全身を震わせる。1……1……9……、やっとの思いでダイヤルを押した瞬間、部屋の中から囁くような……、未来の声が聞こえた。

「……勇斗？」

小さなその声に激しく反応した僕は、すぐに振り向く。

「……お帰りなさい。……今、何時？」

そこにはキョトンとした顔をし、僕を見つめる未来がいた。

『もしもし！　大丈夫ですか？　もしもし！』

受話器の向こう側から、救急隊員の声が聞こえてくる。僕は、何が起きているかも解らず立ち尽くしていた。

未来は救急隊員の声に気付くと、僕から慌てて受話器を奪った。

「大丈夫です！　ごめんなさい！」

未来が電話を切る。部屋の中に重苦しい空気が流れる。僕は言葉を失ったまま、未来を見ていた。そんな僕に、未来は少し動揺を見せたあと何事もなかったかのように話しかけた。

「お帰り！　ねぇ、社長さん、何だって？」

混乱状態のまま、喉の奥からやっとの思いで言葉を出す。

「未来……、お前……大丈夫なのか……？　何処か具合が……」

「そんな事より、社長さん何だって？」

「そんな事って！！！」

言葉を遮る未来の両腕を、思わず強く掴んだ。

「……平気よ。それより社長さんは……」

「未来！　何処か具合が……」

「勇斗！！！」

未来が僕の声を打ち消した。

まるで、何も知らなくていい……。そう言っているように聞こえた。縋るような目で僕を見る。お願い、何も言わないで……。何も聞かないで……。そう言っているような気がした。

困惑状態のまま、未来を見つめていた。さっきまで、あんな異変を見せていた未来が、いつもと同じ姿で僕の前にいる。僕達の間に、あっという間に溝ができてしまったようで、言葉にできないほどの悲しみに寂しさが加わる。僕の前で俯く未来を、これ以上問い詰めてはいけない気がした。いや……、できなかった。問い詰めてしまったら、未来は僕の前から姿を消してしまう気がした。二人の歯車が完全にずれ、もう二度と戻らないのではないかと……。

未来は何かを隠しているのか？　それとも、僕に心配させたくないだけなのか？　未来の気持ちを考えようと、頭を回転させる気力はこの時の僕にはなかった。

どちらにせよ、未来が何かを隠し、それを隠し続けようとしている事実は僕にとって強いショックだった。僕が未来に対し心を開いているように、勝手な思い込みだが、未来にとってもそれは同じだと思っていた。一心同体だと。わずかな期間で人が一心同体になれるなどと思っていた、僕のほうがおかしいのだろうか？　それとも、どんなに愛し合う二人が永い時間を共にしても、一心同体になど、なれないものなのだろうか？

……そうなのかもしれない。僕自身、今まで人と心を通わせ合えるなど考えてもみなかった。そんな台詞を言われても、頭から否定していただろう。それぞれ違う環境で育ち、それぞれ違った人格を持った人間が、いくら愛し合ったからといって、心までもが一つになるなど絶対に無理だと思っていたし、そんな台詞は茶番だった。

だけど、未来と出逢った事で僕は変わった。死んでいた感情が生き返ったように、生まれた時に持ち合わせていたピュアな心が甦ったように、未来と僕は、心も共に分かり合える一心同体だと思っていた。過去の僕がいくら茶番だと言っても、その気持ちは変わる事も疑う事もなかった。

しかし、今僕の前に佇む未来は心の声に耳を傾けてはくれなかった。心が寂しさで沈んでゆくのを感じながら、俯き口を閉ざす未来に僕はもう何も言えなかった。

無理に微笑みを浮かべ、未来に言った。

「ドラマの……、主役が決まったんだ」

未来は顔を上げ嬉しそうに笑った。

「おめでとう！　凄いじゃない！　それで？　それで、どんなお話なの？」

瞳を輝かせ、興味津々といった表情で聞いてくる。

そんな未来からは、問い詰める僕から逃れられた安堵感さえも窺えるように思えた。

「社長が言うには、切ないラブストーリーだって」

「……ラブストーリー……？」

未来の顔が少し沈んだように見えた。未来は少し沈黙したあと、沈んだ顔を即座に戻した。

「頑張ってね！　私、応援する！」

未来が僕に微笑む。


しかしあの笑みは、いつもと違う未来の表情だったのかもしれない……。

だけど僕はそんな事に気付く余裕などないまま、あの日、何もなかったかのように過ごした。だけど、僕は忘れる事などできなかった。未来の異変にも気付かず、未来の心が僕から離れたのでは、遠い存在に変わってしまうのではないかと、ただただそればかりに心を奪われていた。

問い詰めていたら、今と違った結果が生まれていたのだろうか……？
あの時の僕が、未来を信じきっていられたら……、未来の変化に気付く事ができていたら……、あんな事には、ならなかった。

二〇〇四年十二月二十八日
岩本と共にドラマの顔合わせに向かった。
仕事に向かう僕を未来は笑顔で見送った。

僕の姿が見えなくなるまで玄関で手を振っている未来を、今思えば、僕は少し怖がっていたのかもしれない。
未来を愛する気持ちが変わってしまった訳ではなかった。僕はあの時、まだ未来を愛していた。しかし、あの日を、あの夜を、どうしても忘れられなかった。
未来の気持ちを疑った。未来が消える日が来るだろうと予測した。そうする事で自分を守ろうとしていた。未来が僕の前から姿を消してしまっても、立ち直れるように……、生きてゆけるように……、予測し、あらかじめ覚悟を決める事で自分を守ろうとしていたのだと思う。

弱き僕の、防衛本能だった。


岩本が運転する車の中、僕は極度に緊張していた。僕にとってはドラマの主役など、夢のまた夢だったからだ。まだ、信じられずにいた。

――顔合わせなんて、芸能人みたいな事！……いや、僕は芸能人じゃないか。こんな事で、この弱肉強食の世界を生き抜いてゆけるのか？　いや、やるしかない！　夢にまで見てきた事じゃないか！

自問自答する。

テレビデビューの時よりも遥かに強い緊張で、僕に期待してくれている事務所やファン、僕を抜擢してくれたプロデューサーや監督、共演するタレントや女優が僕に向ける期待の眼差しは、強烈なプレッシャーへと変わっていった。

張り詰めた緊張の糸にさまざまな思いが複雑に絡み合い、胃がチクチクと痛み出す。

――こんな事で、やっていけるのかよ……。

自分の弱さに情けなくなる。気持ちを落ち着かせようと、窓の外を見つめていた。

岩本が丁寧な口調で声をかけてきた。

「ドラマの主役を依頼されるなんて、勇斗さんはもう、これからは鰻登りっすね！　知ってます？　あの三竹篤、自分が脇役だって知って、プロデューサーに絡んだらしいっすよ！」

「三竹篤って……、三竹篤も出演するの？」

　岩本の言葉に驚く。

　脚本を森聡史氏が書いたという事以外、僕は何も知らずにいた。岩本に知らされた瞬間、主役という大きな役を貰いながらも、未来の事で頭がいっぱいになり、大事な仕事に身が入っていなかった事に気付く。顔から火が出るほど、恥ずかしい気持ちになる。プライベートに気を取られて仕事に集中できないなど、それこそ三流役者の証拠だ。自己嫌悪に陥った。

　岩本はそんな僕の心境など知る由もなく、得意げに話を続けた。

「え？　知らなかったんっすか？　今回のドラマは大物だらけっすよ！　今をときめく小原《こはら》いのりに、三竹篤。大御所の木村暁彦《きむらあきひこ》！」

　耳を疑った。三竹篤でさえ、僕が共演するには凄すぎる役者なのに、それに加え、小原いのりや木村暁彦だなんて……。

　小原いのりは、今をときめく、超売れっ子女優だ。弱冠二十歳の若さで並外れた演技力を持っていると世間から評価されている。彼女が出演した映画やドラマは数知れず、ほとんどの作品が賞を取るなど、天才という言葉が、彼女にはピッタリだ。

以前彼女が出演している映画を見たが、不治の病に冒されながらも夢に向かい前向きに生きてゆこうとする少女の役を独特な個性で演じていた。僕は映画を見ながらティッシュを一箱空けた。天才的な演技力だけではなく、いつも明るく振る舞う彼女は、ルックスも申し分のないほど整っており、世の男性諸氏を魅了している。正直、僕自身小原いのりのファンで、いつか会ってみたいと常々思っていた。小原いのりと聞いただけで、胸がときめいてしまうほどだ。

木村暁彦は、芸能界のドンと言っても過言ではない。芸能界で木村暁彦に目を付けられたら最後……というのが、この世界では暗黙の了解になっている。

木村暁彦は気難しい性格で有名であり、以前人気アイドルが馴れ馴れしい口をきいた事が木村暁彦の癇に障ったらしく、そのアイドルがたった一ヶ月で業界から消えた事は僕でさえ知る有名な話だ。

緊張がピークに達していた。

——そんな大物だらけの中で、どうして僕が主役を得る事ができたのだろう……？

疑問がふつふつと浮かび上がる。岩本は僕の機嫌を取るように話を続けた。

「三竹篤も馬鹿っすよね。三竹より優れた人間はごまんといるのに……。感情的にプロデューサーに絡むなんて、終わったようなものっすよ！」

岩本の話に耳を傾ける余裕など全くなく、三竹篤との対面に、不安な気持ちを隠しきれなかった。頭の中で落合さんの言葉が甦る。

僕に仕事が入るきっかけとなったCMは、もともと三竹篤に決まっていたものだ。それが急遽変更され、僕がCMに抜擢された。今回のドラマにせよ、僕は二回も三竹篤の邪魔をした事になるだろう。いくら芸能界が弱肉強食の世界であるからと言って、三竹篤が僕を快く思っている事は、まずない。何しろ、無名だった僕に仕事を奪われるなど、三竹篤にとっては間違いなく屈辱以外の何物でもなかったであろう。


そんな不安をよそに、車はテレビ局へ向かった。

そして、今思えば、これが僕を恐怖へと導く幕開けだった。


テレビ局に着くと、早瀬《はやせ》プロデューサーが僕を出迎えた。

声を裏返しながら、挨拶をする。

「及川勇斗です！　宜しくお願いします！　頑張ります！」

まるで、転校したての小学生のように緊張で顔を強張らせながら一礼した。

早瀬プロデューサーはハハハッと声を立て笑い、僕の肩を軽く叩いた。

「リラックス、リラックス！　期待してるよ」

「はい！　ありがとうございます！」

気付かれないように、深く深呼吸をする。

早瀬プロデューサーに付いて行くと、しばらくしてプロデューサーの足が止まった。

会議室のドアが開く。同時に、中にいる人達が僕に注目する。背筋をピンと伸ばしたまま、辺りをキョロキョロと見回した。

「さ、入って」

ゴクンと生唾を飲む。入り口で大きく一礼する。

ぎこちない歩き方で、中へと入る。

ガチガチになっている僕の視界に、ブルーの洋服に身を包み、朝日が射し込む窓際でコーヒーを口にする小原いのりの姿が入った。周りを見渡し三竹篤の姿を捜したが、三竹篤も木村暁彦も、まだ来ていないようだ。内心、ホッとする。

新人である僕が、大御所よりあとに来るわけにはいかない。芸能界で生き残りたいならば、その辺の気遣いが人一倍できていなければやっていけない。指定された時刻より早く来たが、小原いのりがすでに来ている事を考えると、もっと早く来るべきだった。何せ僕は、まだ右も左も分からないド新人だ。そんな僕が先輩の小原いのりよりあとに来るなんて、非常識だと思われたかもしれない。恐る恐る彼女のほうを見る。

小原いのりは、テレビで見るよりも数倍細く、しなやかに伸びる長い足を組み、細い指で髪を躍らせていた。ただそれだけの事なのに、まるで映画のワンシーンのようだ。僕は会える事などまずないだろうと思っていた小原いのりを前にして、思わず見惚れてしまった。

――さすが芸能人……。

小原いのりに会った感想を述べろと言われたら、この一言しか思いつかない。

街を歩けば、美人や可愛い人など幾らでもいる。もし、自分の容姿に自信のある女性から、〝私と女優の違いは何よ？〟と尋ねられたら、僕は一言〝オーラが違う〟と答えるだろう。芸能界にはさまざまな分野の人間がいるが、どんな人からでもその人特有のオーラが出ている。

特に美を売りにしている女優や男優は、綺麗であるため、格好良くあるために、日々凄まじい努力を重ねている。間違っても化粧を落とさぬまま眠りに就いたり、努力なしに美貌や魅力を手に入れようとはしない。努力を重ねているからこそ、輝くのだ。

――僕も、自分を好きでいられるベストスタイルを見つけなくては……。

自分自身に語りかけながら、僕はまだ、小原いのりに見入っていた。

視線に気付いたのか、彼女が僕を見た。目が合ってしまい戸惑いながらも慌てて会釈をする。彼女はくすっと笑い、緊張でガチガチになっている僕にそっと近付いてきた。彼女の軽やかな足音が響く。

僕の視界で彼女が大きくなるにつれ、思わず動揺し下を向いてしまった。

「初めまして、よろしくね。隣座ってもいいかな？」

「はい！　どうぞ！」

気さくに笑みを浮かべながら話しかける彼女に、僕はあたふたしながら頭を下げる。

彼女はくすくすと笑った。

「及川さんのほうが年上なんだから、そんなに恐縮しないで。あんまり緊張してると疲れちゃうわよ？」

テレビと変わらない明るい雰囲気を醸し出している彼女を、やっぱり魅力的だと感じた。緊張でガチガチに固まっている僕にとって、気さくに話しかけてくれる彼女の存在は、僕を少しだけ楽にしてくれた。芸歴もわずかな僕に優しく接してくれる彼女はあり難かった。

「及川さんって、ガムのコマーシャルに出てるよね？　ディレクターって誰だったの？他には何に出演してたの？」

彼女は次々と質問をする。今をときめく人気女優が、僕の名前を知っていた事に驚きながらも、彼女の質問に答えてゆく。

「落合さんです。僕、まだテレビの仕事はあまり経験がなくて……。トーク番組に一度だけ出演させていただいた事はあるんですが……」

　俯き加減で答える。彼女は一瞬ビックリした様子を浮かべた。

「まだそれだけの経験で主役に抜擢されるなんて、及川さんってよっぽど才能があるのね！」

　彼女は嫌味のない口調で言った。

「ドラマに出させて貰うのは初めてで、分からない事だらけなんです。頑張りますので宜しくお願いします！」

　どぎまぎとしている僕に、彼女はにこやかに微笑む。

「最初は誰だって分からないものよ。私だって、この世界に入って五年経つけど、まだまだ分からない事だらけだもの。でも、私で良かったら何でも聞いて？　私に分かる事なら教えるから！　改めてよろしく！　いのりって呼んで！　私、実を言うと敬語で話されるの苦手なの。私も及川さんの事は勇斗くんって呼んでいい？」

「はい！　もちろんです！　あ、もちろん」

　彼女が僕に、右手を差し出す。いのりの手を取り握手をする。

「……ありがとう。よろしく、いのり」

　いのりに向かい微笑む。気付いた時には、僕の緊張は収まり、気持ちは安定していた。心の中で、いのりに感謝していた。こんなに和やかな会話ができるとは思ってもいなかった。

もしかしたら、いのりは緊張でどぎまぎとし続けている僕を気遣い、僕のもとへやって来てくれたのかもしれない。極度の緊張と激しいプレッシャーを人気女優である彼女は経験し、知っているからこそ、僕の心境を読み取り気遣ってくれたのだろう。

そんな事を微塵も感じさせないようにと、明るく話しかけてくれるいのりに再び感謝の思いを抱く。

いのりは他の役者やスタッフにも明るく振る舞った。ちょっとしたジョークを飛ばしたり、自ら進んでお茶を汲むいのりのお陰で、緊迫していた空気は次第に和み始めた。僕を含む皆がいのりの存在に救われているように感じた。


だけどあの時……僕は皆の笑い声が飛び交う中、何か冷たいものを感じていた。安定しているはずの穏やかな心に、……凄まじく吹き付ける冷たい風を……。


「勇斗くん、もう脚本家の森先生にはお会いした？」

いのりが言った。

「いや、まだ会ってないんだ。本当はすぐにご挨拶に行きたかったんだけど、森さんが忙しくて時間取れなかったみたいで……。アポなしで押しかけるのも逆に失礼だし、今日まで待ったほうが良いと思って」

「そう。そう言えば森先生ってこのドラマ以外にも脚本の仕事が入ってるって、うちの社長が言ってたわ」

「二つかけ持ちなんだ……」

「そうみたい。私、森先生の書く作品が凄く好きで、ノーギャラでもいいから出演させて欲しいって思ってたくらいなの！　だから、今回出演依頼が来た時は嬉しくって！」

いのりが瞳を輝かせ熱弁を振《ふ》るう。いのりの周囲はきらびやかな空気に包まれる。

いのりが何故このシビアな芸能界で、成功を遂げているかが分かったような気がした。

すっかり皆の顔が綻んだ頃、背後から冷たい口調の言葉が突き刺さった。

「いのりちゃん、彼に気を遣ってあげる事はないよ。彼は才能溢れる天才新人くんなんだから。きっと、一人で役作りに専念したいんじゃないかな。ほっといてあげるほうが親切なのかもよ？」

ハッとし、後ろを振り返る。

三竹篤……。

和やかだった室内に、再び張り詰めた空気が立ち込める。

三竹は僕に向かい意味深に笑いかけた。

「でも……」

いのりが三竹に言った。

三竹はいのりの言葉を無視し、僕に言った。

「どうも、お噂はかねがね聞いています。お目にかかれて光栄ですよ、及川勇斗くん」

三竹の言葉には僕への対抗心が痛いほど感じられた。三竹が僕を快く思っていないという予感は的中した。

一瞬怯《ひる》みそうになってしまったが、さっきから感じている冷気が強さを増す中、不意に未来の顔が浮かんだ。

――もう逃げられない……、いや、逃げてはいけない。これは僕が目指して来た事だ。夢見て来た事だ。何のために今まで歩んできたんだ。負けない。もう自分自身に負けてはいけない。負けるものか！

僕の中に現れた未来は、僕をそんな気持ちにさせた。

未来と出逢い、新たに生まれた感情、夢に対する思いの強さを、心の中からなくしてはいけない。再び弱く脆い、自分を哀れむ生き方をする人間に戻ってはいけない。そして、僕はこの最大のチャンスから決して逃げないと、そう決意した。

もう弱者になんてならない。弱いものが消される世界ならば、僕は強者になってやる。僕を弱者へと導こうとする者が現れれば、闘わなくてはならない。いよいよ始まった。これは闘いだ。三竹との、そして僕自身との……。

心中でそんな思いを駆け巡らせながら、三竹に向かい微笑んだ。

「僕も、お会いできて光栄です」

真っ直ぐ三竹を見据えながら、強気にそう答える僕は、もうさっきまでの僕ではなくなっていた。まるで、別人格が憑依《のりうつ》ったかのように、心は荒々しく変化していた。

早瀬プロデューサーや室内にいる皆が、ハラハラした表情で僕と三竹を見ている。

「期待してるよ」

僕から視線を逸らさぬまま、勝ち誇った笑みを浮かべ三竹は腰を下ろした。

いのりは、さっきとは別人のような僕を何も言わずに見つめていた。

室内の空気は、僕と三竹の会話によって一気に凍りついていった。

――せっかくいのりが穏やかな雰囲気《ムード》にしてくれたのに……。一瞬でぶち壊してしまった。

会議室の隅に座っていた僕同様の新人役者達も、僕と三竹が再び呼び戻してしまった重苦しい空気により、更なる緊張を抱いてしまったのが分かる。他の共演者やスタッフも、この場にいるのが辛そうだ。雰囲気を壊してしまった事に気付き、申し訳ない気持ちで一杯だった。

少し経つと会議室のドアが開き、付き人と共に木村暁彦が姿を見せた。早瀬プロデューサーが即座に席を立つ。それにつられ、会議室内の全員がいっせいに席を立った。

「おはようございます、木村さん。今回のドラマもよろしくお願いします」

早瀬プロデューサーが木村に言った。

「遅くなってすまなかったね」

木村はブラウン管で見るよりも大柄だった。ただ立っている、それだけの事なのに、木村からは強烈なオーラが漂い僕を圧倒した。

――これが……、これが木村暁彦！　これこそが木村暁彦なのか！

未知の世界を覗き込んだかのように、心がときめく。

室内中に、木村に向かい挨拶の声が飛び交う。僕は子供のように興奮した感情を抑えられず、挨拶に参加した。

「おはようございます！」

木村を含む全員の視線が僕を捉えた。大声で挨拶をした僕に、周りの人達は少し驚いた様子を見せた。

木村が一瞬はにかんだ。

「ずいぶん威勢のいい新人さんだな。……頑張りなさい」

そう言って、どっしりと腰を下ろした。

「はい！　ありがとうございます！」

腹の底から声を出し、深々と頭を下げる。木村は僕を見たまま、二、三回黙って頷いた。

早瀬プロデューサーが、会議室中に聞こえるように言った。

「彼はドラマ経験はありませんが、今話題の期待溢れる役者ですから、きっとやってくれますよ！　及川君、分からない事があったら一人で悩んでないで先輩達に聞いてね。ここには偉大な役者さん達が揃っているから。どんな小さな事でも自分のものにできるように頑張れば、君にとって凄くプラスになるはずだから！」

木村にさり気なく僕をアピールしてくれる。早瀬プロデューサーが、僕に向かいガッツポーズを見せた。

早瀬プロデューサーの言葉を胸に刻み、闘志を込め深く頷いた。

「なんだ、勇斗くんって元気いいんじゃない」

いのりは、僕を見てくすくすと笑った。いのりが笑うと、場の雰囲気が少し明るくなったように思える。そんな温かく明るい性格の持ち主であるいのりを、〝さすがは小原いのりだな……〟と思った。

片隅にいた岩本は、僕を凝視していた。

岩本にとって、僕という存在はただ運良くデビューを果たせた弱者でしかない。それが僕に対する岩本の本音だと思う。

何故なら、いくら岩本が僕に対し腰を低くして見せても、岩本の本音は時折見せる態度や言動で伝わってきたからだ。それでも僕は岩本に対して自分の感情を表に出した事はなかった。

普段口数が少ない僕からたまに出る発言にも、自分の感情を込める事は少なかった。感情が死んでいる……。そんな言葉が僕には似合っていた。

だが、僕が、突然感情を剥き出しにして人と話している姿は岩本にとって衝撃的だったのだろう。何せ僕にとってもそれは、劇的な気持ちの変化だったのだから……。どうしてなのかなんて、僕にさえ分からなかった。

でも、分かっていれば良かったんだ。僕が分かる事ができていれば、僕が気付けていたならば、あんな事には……。

そう……きっと、もうすでにこの時には始まっていたんだ。

徐々に皆の緊張が解れ、室内はザワザワし始めた。

スタッフの動作は機敏になり、会議室内に大きな段ボールが運ばれると、ＡＤは僕らに台本を手渡した。

「えー……、皆さん揃った事ですし、新春からスタートします〝遠い風に向かって〟

の初顔合わせをしたいと思います」

　早瀬プロデューサーの声が響いた。

「まず、このドラマの原作をお書きになった森聡史さんです」

　皆が拍手をする中、一人の男性が立ち上がった。脚本家として数々の作品を作り上げて来た森聡史氏は、想像では中年男性であると思っていたのだが、実際はまだ二十代後半の若い男性だった。森氏は、コホンッと軽く咳払いをしたあと、ハキハキとした口調で話し出した。

「皆さんのお手元にお配りした台本は、切なくも淡いラブストーリーです」

　皆が台本に目を通し始めると、森氏は台本の内容を簡単に説明した。

「主役である息吹裕也《いぶきゆうや》は、学生の頃に愛した女性、高江瑠璃子《たかえるりこ》を忘れられず、思いを引きずりながら四年という年月を過ごす。一度は愛し合った二人だが、つまらない事で気持ちがすれ違い、別れが訪れてしまった。

　しかし裕也は、五年後に再会しようと別れ際にした約束を、どうしても忘れる事ができなかった。裕也の心は、四年前のまま止まっていた。約束の日まであと一年という時、裕也は瑠璃子を偶然目撃してしまう。

　しかし、裕也の目に飛び込んで来たのは、母親になっていた瑠璃子だった。そして、瑠璃子の夫は、裕也の幼い頃からの親友であった、池田正樹《いけだまさき》だった。

裕也と正樹は、幼い頃から家族同士の交流もあったため、実の兄弟のように育った。その正樹が、裕也が未だ愛し続けている瑠璃子の夫となり、目の前に現れたのだ。

——どうして正樹と瑠璃子が……？

突きつけられた現実に戸惑いを隠せない。

正樹は裕也と違う学校だった。瑠璃子を知っているはずはなかった。まして、裕也と瑠璃子が昔愛し合っていた頃があったなど、正樹は知らないはずだ。

『こんな偶然が、本当に起きるというのか……』

一人呟く裕也。目の前で繰り広げられる光景を受け入れる事ができない。人混みに消えてゆく瑠璃子と正樹に声すらかけられぬまま、ただ黙って眺めるしかなかった。

約束の日まであと一年……。

会いたくて恋しくて、どうしようもないほどまだ瑠璃子を愛し続けている裕也の前に、厳しくも降り注ぐ現実。

今もまだ瑠璃子を愛している裕也。

対照的に、裕也を忘れ、母親となり幸せに暮らしている瑠璃子。

裕也は自分という存在を忘れてしまった瑠璃子に、深いショックを受ける。裕也の心の片隅には、瑠璃子もまだ自分を愛し続けているのではないか……という、切なる願いがあったのだ。

しかし、それは思い込みに過ぎなかった。現実の世界で、瑠璃子は母親として……、正樹の妻として幸せに暮らしていたのだ。

――自分が今まで引きずって来た思いは何だったのだろうか？

裕也は、自分だけが四年前に取り残されていた事に、初めて気付く。

裕也に降りかかる、過酷な現実。複雑な苦しい気持ち。

――俺は二人のために身を引く事ができるだろうか……？　愛する人と、親友のために……。

絶望に襲われる。

しかし、瑠璃子には裕也の知らない秘密があったのだ……。そして、二人の別れがある人物によって仕組まれたものである事も、この時の裕也には知る由もなかった」

台本はそこで終わっていた。森氏は続けた。

「思う事があり、この先を少し書き直しています。撮影は、とりあえず今台本にあるものから取りかかっていただく形になると思いますが、僕も皆さんの期待を裏切らないよう頑張らせていただきますので、宜しくお願いします」

再び室内が拍手に湧く。早瀬プロデューサーが言った。

「それでは今回〝遠い風に向かって〟に出演していただきます、出演者、及びスタッフをご紹介します。皆さん、名前を呼ばれましたら、立ちあがり簡単に一言お願いします」

――いよいよスタートだ。僕自身の……、僕の未来への。

速まる鼓動を感じながら、深く息を吸い込んだ。

「えーまず、今回主役の息吹裕也役を演じていただきます、期待の新人俳優、及川勇斗さんです」

僕は静かに立ち上がり背筋をピンッと伸ばした。視線の嵐の中、口を開いた。

「初めまして。息吹裕也役を演じさせていただきます及川勇斗です。僕にとって、この〝遠い風に向かって〟は初めてのドラマ出演であり、大きなチャンスでもあります。このチャンスを与えてくださった方々に深く感謝しています。皆様の期待を裏切らないように精一杯頑張りますので、どうぞ宜しくお願い致します」

一礼をし、まっすぐ前を見る。皆が僕に拍手を送る。森氏が僕に声をかける。

「及川くんには、僕が描いている〝裕也〟と、同じ何かを感じたんです。きっと〝裕也〟を演じきってくれる。そう思って、及川くんに依頼したんですが、僕の勘は間違っていなかったようです。期待していますよ」

森氏が僕に拍手を送る。室内が再び拍手に包まれる。

「はい、宜しくお願いします！」

森氏に向かい深く頭を下げた。

次々と出演者達の紹介が行われる。

「次は〝裕也〟の想い人であります〝瑠璃子〟役の小原いのりさんです」

早瀬プロデューサーがいのりの名を呼ぶ。

「小原いのりです。精一杯、瑠璃子を演じたいと思います。宜しくお願いします」

いのりはテレビと変わらない笑顔で、短くそう告げた。いのりの瞳からは、力強いものが感じられた。それはきっと、彼女自身が持って生まれた魅力でもあり、プロの役者としてのプライドなのかもしれない。そんないのりからは、輝かしい光が放たれているように感じた。その光は、いのり自身が持っている強さや、この世界の厳しさをも物語っていた。僕はいのりが放つ光を刺激的だと感じていたし、その刺激は僕にとって、明らかにプラスになると感じていた。

「それでは次に、〝瑠璃子〟の夫役であります池田正樹を演じていただく、三竹篤さんです」

三竹の名前が呼ばれる。三竹は通る声で言った。

「この〝遠い風に向かって〟に出演できる事を嬉しく思います。〝正樹〟を演じるにあたり、僕自身、とても勉強になる事と思います。僕は正樹と共に、数々の喜怒哀楽を感じてゆきながら、必ず〝遠い風に向かって〟を意味深くも心に響くような作品として、皆様と共に作り上げてゆく事を今から楽しみにしています。どうぞ宜しくお願いします」

言い終え、三竹が笑顔を見せる。

拍手の中、堂々と立つ三竹の姿には、自信が充溢していた。

悔しいが、僕はそんな三竹を格好いいと思った。三竹が放つ自信は、三竹がこれまで経験して、得て来た何かがあるからだろう……。経験から何かを得るという事は、そう簡単なものではない。三竹自身が努力して必死に進んで来た証拠だと思う。それはこの世界に生きてゆく上で、いや、この世界にかかわらず人が生きてゆく上でも、かけ替えのない宝だろう。「経験は財産」。僕はこの言葉の意味をこれほど強く感じた事はなかった。

多くの人は、いろいろな事を経験してゆく上で、経験から得られる何かを気付かないうちに見過ごしてしまっているものなのかもしれない。

僕自身今まで生きてきた中で、あとになって振り返り身に付いていた事があっても、それを体験している時はその時間をただ通り過ぎてきただけで、何かを得ようなどとは考えてもみなかった。

だけど、三竹は違う。三竹はいつでも何かを得ようと必死だ。どんな経験も無駄にすることなく、何かを身に付けている。そこから強さを得ているのだろう……。

――前向きなんだ。どんな事にも三竹は前向きなんだ！……駄目だ……今の僕では、とても歯が立たない……。

僕は三竹の姿から放たれる〝自信〟に圧倒されていた。だけど、その気持ちは決して弱気に通じるものではなかった。三竹の自信は、僕がこれから変わってゆこうとする上での大きなヒントだった。

それから次々と、個性溢れる役者達が挨拶を始めた。

きっと、世の中には優れた才能や技術を持っていても、思うように羽ばたけない人が山ほどいるだろう。チャンスさえあれば世に羽ばたけるのに、そのチャンスに巡り合う事ができず、四苦八苦している人が大勢いるだろう。この業界を生きる人間も、与えられたチャンスを一度でも無にしてしまったら、きっと羽ばたく事はできない。この芸能界という世界はそれほどまでに厳酷なのだ。

僕は、今回主役を得られた事が本当に奇跡的な事だと改めて実感し、このチャンスを決して無駄にしないと誓った。

「最後に、〝瑠璃子〟の父親役である〝高江《たかえ》俊之《としゆき》〟を演じていただきます、木村暁彦さんです」

早瀬プロデューサーから、大御所の名前が呼ばれた。この世界のドン的存在である木村に、皆はいっそう強い眼差しを向けた。

注目される中、木村はゆっくりと立ち上がり力強く話した。

「私は、事前に森さんにストーリー内容をお話ししていただいたとき、もの凄い感覚に陥りました。衝撃、いや……、それとも希望なのか、今の台本を読んでいない時点では、この感覚が何なのかまだ分からない。だが、この物語が今までにない力強いものだというのは、今の段階でも確信できます。この作品を何処まで素晴らしいものに仕上げるかは、私を含めた役者、スタッフの皆さん次第だと思います。この作品に出演できる事を嬉しく思う。皆で輝かしい作品にしていきましょう。どうぞ宜しくお願いします」

皆の顔を見渡すと、木村はゆっくりと腰を下ろした。

あちこちから、「宜しくお願いします」という声が、木村へ贈られた。

僕は木村暁彦という存在の大きさを改めて感じた。木村の言葉一つで会議室にいる全員の心が一つになった、そう言っても過言ではない。木村暁彦という人物がこの業界において、どんなに偉大であるかを認識した瞬間でもあった。神々しく思えた。

こうして、〝遠い風に向かって〟の顔合わせが終わった。

たった一、二時間の出来事が、こんなに意味深いものになるとは予想もしていなかった。僕は、芸能界の厳しさを痛感すると共にこの世界に更なる魅力を感じた。今までよりも強く、そして激しく……。

興奮状態のまま家路を急ぐ。

僕が僕自身でないような感覚だった。朝、僕を激しく襲った不安や戸惑いはもうない。二度産声をあげた……いや、もっと適切な表現があるのかもしれない。そう……〝やっと感情を持った人間になれた〟。そんな言葉が、あの時の僕には当てはまっていた気がする。

過去の僕は、自分の感情を押し殺す事で周りとコミュニケーションを図ってきた。親父やお袋にあまり反抗する事がなかったのも、良い子になりたかった訳ではない。周りの人達に対しても同じで、周りの意見を尊重したり同意したりしていたのは、良い人に思われたかったからではない。僕は、正直どうでも良かったんだ。両親が何を言っても、周りが僕に意見を求めてきても、もの分かりの良い奴を演じていただけで、本当は何がどうなっても良かったんだ。感情が乏しいというのだろうか？　いや、やはり感情が死んでいたと言ったほうが的確だろう。

過去の僕は、人間の仮面を被った得体の知れぬ生物だった。死にたい訳ではないが、かといって生きていたい訳でもない。どうでもいい。自分の感情を露にできなかった僕は、自分には必要な何かが欠けているに違いないと、心の奥底でそう叫んでいた。

未来が待つ自宅へと急いだ。アパートに着き、ドアノブに手をかける。ドアはいつものように軋み、音を立てる。今の僕を、未来に見て欲しかった。僕のこの変化を、一番に未来に見せたかった。勢い良くドアを開けた。

「ただいま！　未来！」

いつもより大きな声で未来を呼んだ。しかし、未来はただ黙って僕を見つめている。いつもは満面の笑みで迎え入れてくれるはずの未来が、僕に対し何処か怯えた表情を見せる。この思いを未来に伝えようと、部屋に入る。その瞬間だった。僕の視界にとてつもない光景が入って来たのは……。

「お帰りなさい。ずいぶん遅かったね」

未来が寂しそうな顔で僕を見つめる。

僕は黙り込んだまま、呆然と立ち尽くしていた。

未来が言う。

「ごめんなさい。何か嫌いな物ある？」

「………」

目に、夥しい数の手料理が映る。

ワンルームの部屋が手料理で埋め尽くされている。

ざっと見ただけでも、五、六十品はある。テーブルはおろか、テレビやベッド、床全体までもが手料理で埋められ、本棚の上にまで所狭しと並んでいる。僕は、何も言う事ができず驚愕していた。きっと、ビデオを一時停止させた画面のようだっただろう。

　やっとの思いで声を出す。

「……どうしたの？」

〝……どうしたの？〟その言葉を声にするのがやっとだった。それ以外何も思いつかない。困惑で思考が停止する。未来はニコッと笑い、僕を余計に混乱させた。

「私、お料理しか能がないから……。でも、勇斗はいつも喜んでくれるでしょう？　ねぇ、嬉しい？」

　未来は何も言えない僕を見て、再び寂しげな顔をした。

　嬉しくない訳じゃない。未来が僕のために手料理を用意してくれている事を、僕自身も期待し楽しみにしていた。けれど、僕は正直「嬉しい」とは言えなかった。夥しい数の手料理を前に、脅威さえ感じていた。未来が何をしたいのか、僕に何を望んでいるのか、僕には何も分からなかった。

「……嬉しくないの？」

　沈黙の中未来が問いかける。僕は呆然としたまま口を開いた。

「……いや、ただ……」

　そう言った瞬間、突如未来の顔が険しく変化した。

「……嬉しくないの？　ねぇ、ねぇ！　嬉しくないならそう言えばいいじゃない！

私の事が嫌いになったなら、そう言えばいいじゃない！」

　急変し、怒鳴りながら僕を責め出す未来は、今まで見た事のない未来だった。未来は手料理を数品手にすると、台所へ行き三角コーナーへ投げ出した。

「私なんか！　私なんか！　私なんか！　私なんか！　私なんか！　私なんか！」

　大きく声を張り上げ、頭を壁に打ち付ける。

「私なんか！　私なんか！　私なんかぁぁぁー！」

　極度に取り乱した未来に慌てて駆け寄る。

「何やってんだよ！」

　未来の両手を押さえ、悶えながら暴れ狂う未来を必死に止めた。号泣しながら未来は僕を見つめ、問い詰める。

「私の事が嫌いになったの？　嫌いになったの？　私の事が嫌いだから……、だからお料理も嬉しくないの？　ねぇ！　そうなんでしょ！」

　荒れ狂う未来を前に、状況を把握しようと努める。

「どうせ私がブスだからでしょう！　分かってるわよ！　しょうがないじゃない！　私なんて、芸能界からしてみればゴミ同然だものねぇ！」

「何言ってるんだよ！　そんな事誰も言ってないだろう！　どうしたんだよ！　何があった？」

力ずくで押さえつける僕を、未来は睨みつける。

「私を愛してるでしょ？　愛してるよね？　そう言ったわよね？　ね？　ね？　ねぇ！　ねぇ！」

「……あぁ」

「あぁ？　あぁ、じゃ分からないわよ！　ちゃんと言ってよ！　早く！　早く早く早くぅ！！！」

力ずくで押さえているにもかかわらず、未来は僕の腕を振り解《ほど》くと台所に置いてある包丁を自分の手首に向けた。

背筋が凍りつく。

未来から包丁を取り上げようと駆け寄るが、暴れ狂う未来に安易に近付けない。呼吸が速くなってゆく。未来の精神を安定させなくてはならない事は分かっているのに、さらに興奮を強める未来に対し、どうすればいいのかさっぱり分からない。予想もしていなかった事態に、思考回路は遮断されたまま、ただ焦る事しかできないでいた。

未来が興奮の度合いを増してゆくに従い、僕の呼吸はさらに速さを増す。未来の手首に向けられた包丁が、徐々に皮膚を切り裂く。喉に詰まっている言葉を無理やり吐き出した。

「やめろって！……」

消え入るような声を耳にした未来が僕に向かい叫んだ。

「早く！　早く早く！！！　はやくぅう！！！　言って！　言ってぇ！　言ってぇええええ！！」

手首の皮膚を包丁の刃がメリメリと切り裂いてゆく。白く華奢な手首は切り口をぱっくりと開け、黒みをおびた血を吐き散らす。

「やめろってば！！！」

叫びにも似た声が口から飛び出す。体中に悪寒が走る。余りの惨状に体が震える。痙攣にも似た震えが、足を動かせてくれない。立っているのがやっとの足先に、生ぬるい血液がボタボタと降りかかる。目の前で発狂し僕を責め立てる未来は、紛れもなく僕が愛した女性だ。大切な存在だ。愛する女性、未来以外の何者でもない。だけど、頭は今起きている現実を理解できず、未来が急変している意味さえ考えられない。

――何が起きている……？　何が起きているんだ？

大きく息を吸い込む。叫び狂う未来へ必死に言葉を探し出す。この場から逃げ出したい感情が溢れ出す。未来に言葉をかけようとしても、未来を見るだけで全身が震え、言葉を発するまでに至らない。

白く美しかった華奢な手首は血にまみれ、未来は血が溢れ出すのをまるで喜んでいるかのように、爪で傷口を抉り出している。

部屋の中に、グッチャグッチャッ……という肉を抉り取る音だけが木霊している。

僕は呼吸さえも整えられず、ただ見ている事しかできなかった。

「♪こぉれぇでぇ、楽になれるんでぇぇすぅねぇー、あぁなたのお側にぃいられぇるからぁー」

肉を切り裂き毟り取る音に合わせ、未来がかすれた声で歌い始める。僕に向かい笑顔を向け、未来が言った。

「……これで私、永遠に勇斗の心に生き続けられるね。私はね、私がどんなに勇斗を愛しているか、見せてあげているの。だって、ここまで勇斗に愛情表現ができるのは、絶対、絶対、私しかいないはずだもの。私が勇斗に愛情表現が上手くできなかったから、だから勇斗、私の愛を疑って私に愛してるって言ってくれないんでしょ？　待っててね、今、今ね、もっと凄いもの見せてあげるからね！」

そう言うと、未来は左手の人差し指に包丁の刃を向けた。

言葉を失う。さらなる恐怖が体中を走り抜ける。

――言わなきゃ……！　何か、何か言わなきゃ！！！

未来に言葉をかけようとしても、歯がガチガチと震え、声にならない。僕はただ、情けなくも狼狽《うろた》えていた。

未来が爪の間に包丁の刃を刺し込む。

ミチミチと低い音が聞こえる。血に染まった包丁の刃が、細長い指の爪を剥がしてゆく。

「♪私がぁあなたにぃできるのはぁ、私の愛をぉ贈ることぉ〜」

鼓膜に届く低音から逃れたい僕は、恐怖におののきながらも未来へ言葉を発した。

今にも消えてしまいそうな、小さく薄い声だった。

「……愛して……るよ」

そう言う僕に未来が叫ぶ。人差し指に刺さった刃が、さらに低音を鳴らす。

「誰を？　誰を愛してるのよ！　誰の事よぉ！」

死にもの狂いで即答した。

「未来をだよ！　未来以外誰がいるんだ？」

悲鳴混じりの……怯えた口調だった。

未来は僕の言葉に過敏に反応した。

暴れ狂っていた体が、呼吸するたび激しく震える。

未来は僕を視界に閉じ込めたまま、少しの沈黙を破り問いかけた。

「………本当に？　本当に私を？」

すぐさま答えた。

「あぁ、未来を愛してる」

未来は問い続ける。

「私だけを？　勇斗……愛しているのは私だけなの？　女として勇斗が愛してるのは私だけ？　本当に……本気で愛している女は私だけなの？」

「……あぁ、未来だけだよ。未来以外の誰でもない……」

僕の言葉を聞いた未来は、握っていた包丁を手放した。

ガタンと音を立て、包丁が床に転がり落ちる。

抉り取られた爪が血液と共にこびり付いている。床中に広がる血液が僕の心を震わせる。

未来が包丁を手放したのを確認し、荒れた呼吸を整える。

未来は泣きながら僕に抱きついた。未来を抱きしめながら、沸き上がる戦慄と闘う。

泣きながら、未来は僕に言葉を求めた。

「お願い……、お願い勇斗、もう一度言って？」

少しずつ落ち着きを取り戻す未来へ、懸命に望まれる言葉だけを口にする。

「未来だけ愛している……。未来だけ愛している……。未来だけ……」

未来の精神状態が安定するまで、僕は未来に向かい言い続ける。

「未来だけ愛している。未来だけ愛している。未来だけ愛している。未来だけ……」

そう……、まるで呪文のように……。忘れるな……、忘れてはいけない……。そう言われている気がした。

あの時、僕の中に深く深く入り込んだ呪文が、未来に伝わっていたのかは今の僕にも分からない……。


どれくらい、未来に向かい呪文を唱え続けただろうか？

僕達は寄り添いながら、長い時間を過ごしたような気がする。いや、本当はそんなに時間は経ってなかっただろう。僕の中で、消そうとしても決して消える事のなかった恐怖心が、時間の感覚を麻痺させていたのだと思う。

僕は未来を抱きしめながら、あの日の出来事を思い出していた。

どうして未来は、あの日人形のように横たわっていたのだろうか……？

瞳を大きく見開いたまま、動く事もできない人形のように……。

どうして未来は、僕に訳を話してくれないのだろう……。

まるで決して入れないバリアを張っているように……。

未来……。

今僕の前にいる君は、本当にこの世に存在しているのか？

本当は僕が夢に描いている、僕にしか見えない幻なのではないか？

疑問だらけの心で、未来を眺めていた。

未来は少し疲れた顔で、切り裂いた手首を撫でていた。精神は崩壊寸前だった。

落ち着け……落ち着け……、そう自分に幾度も言い聞かせる。荒い呼吸を整え未来に言った。

「傷が深い……病院へ行こう」

これだけ言うのが精一杯だった。しかし、未来はフルフルと首を振る。

「駄目だよ……、血が止まらないじゃないか。このままじゃ傷が膿んでしまう。僕も付いてゆくから……。行こう？」

懇願するように未来を見つめたが、未来は一向に首を縦に振らなかった。ただ下を向き、僕の言葉を拒否し続ける。未来にこれ以上何も言えず、切り裂かれた手首にタオルを巻いた。真っ白いタオルは、巻かれてもすぐに赤い染みを浮かべた。本当は今すぐ病院へ行かなくてはいけないのだろう。だけど、僕にはそうすることができなかった。

――怖い。

未来に対しそんな思いしか抱けなかった。

未来の機嫌を損なえば、あのおぞましい光景が再来するかもしれない。未来に逆らう言動を起こしたら、未来は再び崩れてしまうだろう……。

頭の中で、冷静な僕がそう判断していた。

僕の心は、まるで未来の奴隷になったようだった。

沈黙が続く中、未来がそっと口を開いた。

「ねぇ、勇斗はどうして俳優になりたいの？」

冷静さを取り戻した未来が、静かに言った。

呪縛から解放されぬまま、未来の問いに答えた。

下手な事は言えない……。未来の気分を害してはいけない……。そんな思いから、一つひとつ言葉を選ぶ。

「どうしてだろう……、きっと、自分に自信を付けたかったんだ」

「自信？」

未来は瞳を大きく開き、僕に聞き返す。

「勇斗は自分に自信がないの？」

未来に言う。

「自分に自信がないというより、僕は自分が嫌いだったんだよ。人に心を開けないで、孤独な人間を演じている自分が、何よりも嘘つきで汚い生き物のような気がしていたんだ……」

未来に向かい、ずっと秘めていた僕の本当の姿を語り出す。

未来の気に障らないようにと、言葉を選びながらする会話は、決して楽なものではなかった。

しかし、未来と二人……、何も話さずに流れる沈黙のほうが、僕にとってはたまらなく辛かった。僕は会話が途切れないようにと、ひたすら喋り続けた。

僕が語り終えると、未来は言った。

「勇斗は人を思いやれるのね。強い証拠ね……」

そう言っただけで、それ以上何も言わなかった。

簡単な言葉やありきたりの慰めを、僕が望んでいない事を察していたのかもしれない。僕の精神も、不思議と落ち着きを取り戻していた。

極度の恐怖にさらされ続けたとしても、時間の経過と共に恐怖への馴れが生じるものなのだろうか？

人間という生物の環境への適応能力に疑問を感じる中、未来が言った。

「勇斗は綺麗な顔をしているから、芸能界でもきっと成功できるわ……。もうすぐ、勇斗にはたくさんのファンに囲まれる日が来るのね」

少しの沈黙が流れた。

「芸能界でルックスがいい奴なんて、他にも山ほどいるよ。僕はもっと何か、自分にしかないものを見つけ出したいんだ。僕にしかない何かをね……」

未来に向かい、真剣な表情を向けた。

「でも、ルックスも大切でしょう？」

あどけない顔をして僕を見つめる未来に、軽い笑みを浮かべ返答する。

「まぁ、顔に傷は付けられないけど……。一応商売道具だからね」

一瞬、未来の目が輝いた気がした。未来は俯き沈黙を作る。

未来が何を考えているのかなど全く解らなかった。僕は沈黙が怖く、それを破るために未来の名を呼んだ。

「未来……？」

「…………………」

「おい、どうした？」

「…………………………」

未来の口許に、微妙な笑みが浮かんでいた。小さな呟きが聞こえた。

「……そう、顔に傷は……作ってはいけないのね……」

この時、背筋に冷たい風が吹き抜けたのを今でもはっきり覚えている。

未来に恐怖心を悟られぬように、笑顔を向けジョークめかして言った。

「芸能人は顔が命！」

おどけた顔をして見せる。心の中で、未来が笑ってくれるようにと祈りながら……。

だけど、僕の祈りは未来に届く事はなかった。未来は床を見つめたまま、消え入りそうな声でボソボソ呟き続けた。

「……そうなんだ……顔……、命なんだ……。……そうなんだ……顔……命なんだ……」

まるで、僕の心に深く入り込んだ呪文のように……。

未来が呟く呪文は、未来の中に何を残したのだろう……？

この呪文が未来を変えてしまった事に……、この先の僕の人生を変えてしまう事に……、気付く事などできぬまま未来を抱きしめていた。

一刻も早くこの時間が過ぎ去ってくれるようにと、心の底で祈りながら……。


なぁ、未来……。

君を変えてしまったのは僕だったのか？

僕がもっと、君を安心させる事ができていたら、

僕の未来は、あの人達の未来は……、
今と違っていたのか？
どうしたら僕は、いつになったら僕は、
君から解放されるんだろう？
どうしたら君は、いつになったら君は……、
僕を許してくれるんだろう？
未来、君がもしもまだ僕を愛していると言うのなら……、
どうか僕に、教えてはくれないか……？

Ⅵ正体

二〇〇四年十二月三十日

未来に見送られ仕事へ向かった。未来が僕に対し、多大な愛情を抱いている事は痛いほど分かっていた。未来から愛される事をあれほど望んでいたはずなのに、……僕は何処かで未来を重荷に感じていた。未来が古びたアパートの部屋の中へ姿を消す瞬間、解放感を感じてしまう。狭い鳥かごから放たれた小鳥のような気持ちだった。

今日は出演関係者が揃い、初めて台本の読み合わせをする。岩本が僕を乗せ車を走らせる。自宅から離れるにつれ、さらなる解放感に覆われる。

未来に愛情を感じていない訳じゃない。

未来に対し変化する感情に、僕はただ戸惑っていた。

車内は重苦しい雰囲気に包まれていた。

張り詰めた空気に耐え切れなかったのか、岩本が声をかけてきた。

「勇斗さん、気にしないほうがいいっすよ！」

「え？」

岩本の言っている意味が分からなかった。岩本は、未来の存在を知らないはずだ。ましてや、同棲しているなど岩本に知られる訳にはいかなかった。これから売り出す新人俳優に、女の影はご法度だからだ。僕は未来の存在が事務所の人間にばれてしまわないだろうかと、本当はいつもビクビクしていた。

――何だ？　さっき未来の姿を見られたか？

ビクつく僕に、岩本が話を続ける。

「三竹篤の事っすよ！　勇斗さんこの前やりあったっしょ？　その事気にしてるんじゃないんっすか？」

「あ、……あぁ」

未来の存在がばれていない事に安堵し、弱々しく返答する。

「三竹が何を言ってきても、主役である勇斗さんの立場は変わらないんだ。ドンと構えていればいいいんじゃないっすか？」

岩本に言われ、恥ずかしさが込み上げる。先日の顔合わせで、このままではいけないと学んだはずだ。僕はプロとして主役に挑むんだ。プライベートに気を奪われていては、仕事に打ち込めるはずがない。

――しっかりしろ！

アマチュア精神を吹き飛ばしてくれた岩本に、初めて感謝した。心の中で岩本に礼を言う。自分に活を入れ直し、テレビ局へと向かった。

「着きましたよ」

ドアを開け、僕は俳優として車から降りた。〝僕はプロだ〟そう言い聞かせ局内へ入る。読みを行う会議室へと向かう。何回訪れても、やはりテレビ局は迷路のようだ。

背後から、僕を呼ぶいのりの声がした。

「おはよーう！　いよいよ始まるねぇ！」

いのりに会うと、何故だか心が癒されてゆく。いのりの笑顔を見ると、僕の顔にも自然と笑みが零れる。

「おはよう。初めての読みだから朝から緊張しっぱなしだよ」

「アハハ、何言ってるの！　今から緊張してたら本番なんてできないわよぉ！」

僕に笑いかけるいのりが、少し赤面しながら話し始めた。

「さっきね、森先生に会ったんだけど、撮りの初めが私と勇斗くんの……キスシーンからだって知ってた？」

「キ……、キスシーン！！！」

言葉がつかえる。赤面する僕を見て、いのりもますます顔を赤らめる。

「うん、オープニングシーンにね、裕也と瑠璃子のキスシーンを使うんだって。台本では抱き合うって事になってたんだけど、キスのほうが雰囲気出るからって……」

動揺してしまい、いのりの顔が見られない。そんな僕に気付いたのか、いのりが言った。

「私、キスシーンって初めてで……、上手く演技できるか心配なんだ。でも、良いドラマに仕上げたいじゃない？　お互いお仕事頑張ろうね！」

そう言うといのりは、会議室へ消えていった。

いのりが僕を動揺させないよう、わざと〝仕事〟という言葉を使ったのが分かった。もう一度活を入れ直す。平常心を保つよう言い聞かせ、会議室へ足を踏み入れた。

室内は前回以上に緊迫した様子で、役者は皆、台本を手に集中していた。数分前のいのりとは一八〇度違う真剣そのものの表情に、彼女の女優魂を感じさせられる。負けないようにと、すぐに台本を取り出し集中する。

僕の中に〝裕也〟が色を染め出す。〝裕也〟が〝瑠璃子〟に伝える言葉は、どれも不器用で紛らわしい。だけど、その言葉の一つひとつが、不器用に愛を物語っている。

喧嘩して、瑠璃子に『聞いているの？』と尋ねられても、『聞いていない』と答える。別れを告げられても、『知らない』と答える。『五年後に会いたい』と言われても、『待たない』と答える。

その言葉の一つひとつは本当にぶっきらぼうで、『子供みたいな人』と言われてしまうが、裕也の言葉の裏には喧嘩になってしまう瑠璃子に対し、『こんなふうになりたくない』、別れを告げる瑠璃子に対し、『嫌だよ……』、五年後に逢いたいという瑠璃子に対し、『五年も待てないよ……』、そう言いたくても伝えられず、本当の気持ちを表現できない裕也に、何処か親近感を持つ。

同時に、瑠璃子であるいのりがとても愛しい存在に思える。不思議な感覚だが、仕事場では僕は〝裕也〟で、いのりは〝瑠璃子〟になり、僕は瑠璃子に愛を感じる。恋ではなく、深く切ない愛を……。きっと、僕と〝裕也〟の異なる部分はただ一つ……、裕也は瑠璃子を、〝自分より大切な存在〟だと思えているところだろう……。

――僕は、未来を自分より大切な存在だと思えるだろうか……？

一瞬、未来の顔が浮かんだ。必死に雑念を振り払う。僕は今〝裕也〟なのだと……。

会議室に三竹篤が姿を見せた。三竹は僕をチラッと見たあと、黙って席に着き台本を広げた。三竹を黙視する。三竹の目から止めどない涙が溢れ出す。三竹は台本を開いた瞬間から、〝正樹〟としてその場に実在していた。三竹の感情移入に圧倒される。三竹の持っている実力を認めざるを得ない気持ちに苛まれた。〝裕也〟として〝正樹〟に負けぬよう、ひたすら〝瑠璃子〟に抱く愛情を高めた。

木村暁彦が姿を見せると共に、早瀬プロデューサーが言った。

「皆さんが揃ったところで、〝遠い風に向かって〟の読みに入りたいと思います。名前のある席についてください」

皆がいっせいに動き出す。急いで名前の付いた席に座る。緊張の高まる僕の隣に、いのりが静かに腰を下ろした。

「えー……、では、第一回〝遠い風に向かって〟の読みを始めます。まず、ページ3、裕也と瑠璃子のすれ違いから……」

早瀬プロデューサーが説明を終えると、監督である松井博《まついひろし》が言った。

「今日はカメラは回っていません。でも、本番と同じ気持ちでやってください。それでは、よぉーい……スタート！」

机を叩く音が響く。瑠璃子が話し出す。

「裕也は私の話なんていつも聞いてない！　私を理解しようなんて思ってもくれない！」

怒りながらも、悲しそうに涙ぐむ瑠璃子に向かい言う。

「……理解するってどういう事？　どう答えれば理解するって事になるの？」

「そうやって！　そうやって……。いつもへ理屈ばかりじゃない！」

瑠璃子の瞳から涙が零れ出す。

「…………」

「いつもそう……、大切な話をしていても、肝心なところで決まって黙り込むのね……。あなたって、子供みたいな人……」

「…………」

黙り込んでいる裕也を見つめる瑠璃子。

「裕也と私に、未来ってあるのかな？　私は全然想像できないよ」

「………………そう」

一言だけ返答する裕也に、瑠璃子はそっとキスをし、別れを告げた。

「………………………さようなら」

唇を噛み締める裕也。去っていく瑠璃子の後ろ姿に呟く。

「……何て言えば良かったんだよ……、どう言えば伝わるんだよ……」

「はい、カーット！」

監督の声が響いた。いのりはピタリと泣き止み、僕はサッと顔を上げた。

「うん……なかなか良かったんだけど、及川くんの最後の台詞……、アレもう少し切なさが伝わるように言えるかな？　ちょっとふて腐れてるようにも聞こえちゃうから」

「はい！　やってみます！」

台詞を数回口にする。松井監督は真剣な表情で台詞を聞き取る。僕は必死に感情を高め、台詞を繰り返す。

「うん、今みたいな感じで」

監督がオーケーサインを出す。

「ははっ、最初は緊張するのも無理はないから……、でも、役者にとって極度の緊張は命取りになるよ。テレビに映る君は、新人といえどもプロの役者だ！　役者にとって緊張はある意味大切だが、緊張に押しつぶされては元も子もない。頑張って！」

監督の言葉は口調こそ穏やかだが、その中には厳しさが表れていた。僕はその意味を忘れぬよう、そっと台本に書き記した。

それから二時間ほど、〝遠い風に向かって〟の読み合わせが続いた。最後に〝正樹〟と、〝俊之〟とのシーンが訪れた。三竹と木村の顔付きがガラリと変化する。バシンッと机が鳴る。室内の空気は今までにない色を出し始める。

「お義父さん……、瑠璃子はきっと忘れられないのかもしれない」

正樹が言う。

「何を言っているんだ……、もう四年も経っている……忘れているさ」

俊之の意味深な言葉。

「僕は……いつも僕に向ける瑠璃子の笑顔を、自分のものだと思えた事がないんです」

正樹は、前髪を少し掴むと涙を零した。

「…………本当に瑠璃子の事を想うなら、アイツのもとへ行かしてやったほうが……」

「馬鹿な事を言うな！」

俊之が怒鳴る。

「……そんな事をしてみろ！　瑠璃子はどうなると思う？　もし君が本当に瑠璃子を愛してくれているのなら、今のままの生活を続けさせてやってくれ……。それが瑠璃子にとっての幸せなんだ。誰が何と言おうとも、それが瑠璃子の幸せなんだよ」

　俊之が縋《すが》るように言う。

「瑠璃子にとって、本当にそれが幸せなら……。本当にそれが……」

　正樹は肩を震わせる。

「あぁ、そうに決まっている」

　俊之は正樹の両肩を強く掴み言う。

「カァーット！！！」

　松井監督の声が、より大きく室内に響く。僕は二人の演技に圧倒されていた。二人から放たれる色めいた空気は、松井監督の声と共に消える。

　――こんなに優れたメンバーの中で主役を果たすのか……！

　緊張と刺激。

「お疲れ様でした！」

　挨拶が飛び交う中、監督に深く一礼し会議室をあとにした。

　僕を呼ぶいのりの声に振り返った。

「裕也！……あっ、勇斗くん！」

僕を一瞬〝裕也〟と呼んでしまったいのりに、軽い笑いが出る。いのりもつられて笑う。

「あのね、今度の撮りの日なんだけど……、その前って勇斗くん仕事入ってる？」

「いや……、明日はＣＭの撮りが入ってるけど、それ以外しばらくはドラマに集中しろって言われてるから。何で？」

いのりは微笑み、僕に言った。

「もし良かったら、一回二人で読みの練習したいなって思ったんだけど」

いのりの言葉に一瞬戸惑う。憧れの女優が、仕事の一環といえども個人的に僕と時間を作ろうとしている事に……。

仕事に対しての熱意から、僕を誘っているのは分かっている。だけど、目の前にいる憧れの芸能人から誘われたら、やっぱり緊張してしまう。つい顔を赤らんでしまった。そんな僕を見て、いのりが慌てる。

「あっ、ごめんなさい！　無理ならいいの！　ただ、練習しておいたほうが、勇斗くんも私も本番に入りやすいかなって少し思っただけで……」

両手をブンブンと振り、訂正した。

即座に答える。

「いや、無理じゃないよ。ごめん、僕口下手で……。いのりさえ良かったらお願いしたいよ」

そう告げると、いのりはホッとした様子を浮かべた。

「良かったぁ。一瞬迷惑がられてるのかと思って焦っちゃった。じゃあ、いつにする？」

いのりが聞く。あどけないいのりの言動は、この世界で躓く僕にいつも安定感を与えてくれる。

無邪気に笑ういのりに感謝し、返答しようとした。

「じゃあ…………………………………………！！」

言葉を発した瞬間だった……。突如強い金縛りに襲われる。何かに重くのしかかられる感覚の中、僕の体は固まりその場に立ち尽くす。声を出そうとしても、重圧感に言葉は押し戻される。まるでメドゥーサを見てしまったように……。

——動かない！！！

体が石像化していく。心臓が恐怖に怯え泣きじゃくる。周りの気配が何も感じられなくなった時、いのりの背後から、黒い影が僕を睨みつけているのが分かった。影は原形をも留めぬまま、ただひたすら鋭い視線で僕を凝視している。恐怖のどん底に突き落とされる。心臓はもはや停止寸前だ。

——重い……。寒い……。怖い……！

脳細胞がこの三つの言葉に支配される。一歩も動けない。影は見る見る増長してゆく。激しい耳鳴りが起こる。鼓膜が破れそうなほどの耳鳴りは、次第に激しい圧迫感に変わり、ミシミシと音を立てながら僕に何かを訴え始める。なすすべもないまま硬直していた。

次第に疲労感に苛まれ、体力も精神力も限界に達する。

――殺される！　誰か、誰か助けて！

薄れゆく意識の中、必死に助けを求めていた。

――もうだめだ……。

黒い影を見つめていた。限界だ。

影が僕を呑み込んだ。

…………り…………の……………………ら……り……もの……………………う

……ら……ぎ……もの……………………うら…………ものぉ

……………………うらぎり…もの……裏切りものぉ！

裏切り者！

影が、張り裂けんばかりの大声で僕を責め立てる。聞き覚えのある声……。

「……斗……ん！……勇斗くん！！」

極限状態の中、いのりの声が微かに聞こえる。

バシンッ！……何かが僕の背中を叩いた。視界が明るい光を取り戻す。光の世界が僕に自由を返してくれる。

「……ッハ！……ハァハァハァッ！」

今自分に起こった現象が何なのか、全く理解できないまま、必死に呼吸を整える。

いのりが大きく目を見開き僕を見ている。

「勇斗くん？　どうしたの？　具合悪い？　ねぇ……聞こえてる？」

呼吸を荒くしながら答えた。

「……ご……めん。大丈夫。平気だから……」

激しく咳き込み、呼吸を狂わせ苦しむ僕を、いのりはただ心配そうに見つめていた。

身に降りかかる不可解な現象を、何一つ解明できずに、恐怖だけが強く胸に刻み込まれていった……。

撮影に入る前に初撮りのシーンを読み合わせる事にし、いのりと別れた。

岩本の送りを断り、帰路に就いた僕の耳には、あの黒い影が告げた『裏切り者……』、その言葉だけがリピートされていた。恐ろしさが甦る。あんな体験は生まれて初めてだった。

僕は、霊やＵＦＯなどの存在を否定するほうだ。テレビやラジオで、夏になると恒例行事とも言える恐怖体験などの特番には、興味を引かれる事もなくチャンネルを変えていた。馬鹿馬鹿しい。くだらない。そう思っては鼻で笑っていた僕が、起こり得ないはずの現象に身を震わせていた。僕の身に何かが起きている事を、もう認めざるを得なかった。とてつもない暗闇が、確実に僕を呑み込み始めている。その暗闇は安易に太刀打ちできるものではなく、日が経つにつれ、次第に強さを増しているのが解る。そして、その全ての根源が未来ではないだろうかという思いが、心の中に増してゆく。

思えば未来と出逢った事自体が、奇奇怪怪な出来事だったんだ。夢の中の住人が、現実の世界に存在するはずがない。冷静に考えればすぐに出る答えが、どうして今まで出て来なかったのだろう? 未来が毎晩夢に現れた事自体、おかしな話なのだ。次々に疑問が沸き上がる。一歩一歩、未来の待つアパートに近付くたび、〝近寄ってはいけない〟そんな思いが込み上げ、足取りを重くする。憂鬱が充満する。アパートが姿を現す。いつもは帰るのが待ちどおしかった自宅が、まるで化け物屋敷のように見える。

自宅を前にし、僕には直感があった。全ての根源が……、さっきの黒くおぞましい影も、未来である事に……。そして、未来という存在自体が、あり得るはずのない不明なものだと。

今まで未来に抱いていた愛情が、まるで魔法が解けたかの如く消え去ってゆく。未来から解放されたいという思いだけが募ってゆく。

失われていた記憶が蘇える。毎晩僕の夢に現れた未来に、当初僕は何を感じていたのか……。同じ夢を見るたび、僕は嫌悪感を抱いていたのではないか？　考える事さえ嫌がったほど、未来を恐れていたのではないか？　その未来を、何故僕は愛していたのだろう？　狂いそうになるほど、何故未来を求めたのだろう？　未来は何故、毎晩僕の夢に出現したのだろう？

ひたすら記憶を辿っていた。蘇る記憶は、どれも不可解で奇妙な出来事ばかりだった。名も知れないタレントだった僕が、たった二ヶ月足らずで世間に知られる存在になった事。突然舞い込んできた仕事の数々……。記憶を一つひとつ蘇らせるたび、〝思い出すな！〟と言わんばかりに、激しい頭痛が襲ってくる。激痛と闘いながら、失った記憶を取り戻そうとする。夕暮れだった空が、いつの間にか暗闇に変わってゆく。割れそうになった頭を抱え、一つの言葉を発した。

「ＦＬＹ！！！」

平凡だった僕の生活が、みるみる変わっていった原点……。僕はお守りに潜めた、あのムーンストーンを取り出した。

――――！！！

息を呑む。かつてピンク色に光り輝いていたムーンストーンは、さっき僕に襲いかかったあの影のように黒い渦を巻いていた。黒く淀み、この先の未来を暗示しているかのようだ。

気味悪く感じ、一刻も早く処分しようとムーンストーンを放り投げた。

「うっ…………！！！」

とっさにうめく。ムーンストーンが掌から離れた瞬間、表現できないほどの激しい不安に襲われる。数々の奇怪な現象に見舞われ、限界に達していた精神が突如狂い始める。重い病に冒されたような感覚だった。未来から逃げられないのではという不安や、両親から離れて馴れない東京にいる事、あり得ないはずの出来事が起きている事や、ＦＬＹの正体……未来がこれから僕をどうしようとしているのか、この先、どうすれば、この奇妙な世界から抜け出す事ができるのか、それとも……、もうこの奇奇怪怪な世界から抜け出す事ができないのではないだろうか……。そんな、あらゆる全ての事に対し、経験した事のない、強烈な不安が襲う。

「うわぁあああああああ！！！」

僕は地面でのたうちまわった。

「もう一秒でも一人ぼっちでいたくない！　寂しい！　寂しい！　誰か……、誰か僕を愛して！！！」

意思とは無関係に、言葉が溢れ出す。

「嫌だ！　嫌だ嫌だぁああああ‼」

頭の片隅に自分が閉じ込められた感覚。何が起こっているのか想像も付かない。必死に体をコントロールしようとするが、どんなに鎮まれと言い聞かせても、体は一向に言う事を聞かない。

「ぎゃぁあああああああ！！！！！」

悲鳴が上がる。地面に這いつくばり、目の前に転がっていたムーンストーンをとっさに握りしめた。ムーンストーンは掌の中で、黒い渦を巻きながら邪悪な光を少しずつ強める。脳裏に幼い頃からの記憶が、走馬灯のように現れる。

――死ぬのか……？

そんな思いが、胸を強く締め付ける。走馬灯が過《よ》ぎる中で、幼い僕が笑っていた。

――……そんな……まだ、何もやり遂げていないのに……。やっと……、やっと始まったのに……！！

悔しさを痛感する。頬を涙がつたう。

――もう駄目だ……。クソッ！！　ちくしょう！　ちくしょう！　嫌だ！……嫌だ…………頼む…………助け……て……。

握りしめたムーンストーンに、心の底から助けを求めた。過去の僕が軽やかに動き回る映像が、だんだんと色褪せてくる。

――お願いだ！　助けてくれよ！……お…願い…だから！……………た……す……。

走馬灯が薄れると意識はさらに遠くへと連れて行かれ、もう考えるどころか、僕はいったい誰なのか、ここが何処なのかさえ分からなくなってくる。

「……もうやめてくれ未来、いや……ＦＬＹ！　もう……やめてく……れよ！　僕が、……君にいったい何をしたと言うんだ……！　もう、これ以上、僕を君の世界に、世界……に……、引きずり込……むのはやめてくれぇ！！」

必死に訴える。懇願は伝わる事なく、意識は遠退き、景色は薄らいでゆく。

――ただ事ではない……。何かが起ころうとしている。……何とかしなければ！

未来、いや……、ＦＬＹに洗脳されかけた意識を振り払おうと、激痛がする頭を抱える。自由を失いかけた体を無理やり動かす。怯えながらも足を引きずり、アパートの階段を上る。一段一段上るたび、ギシギシと鳴る不気味な音が、恐怖心に拍車をかける。

やっとの思いで階段を上りきり、自宅のドアノブに手をかける。ドアはいつもより一層不気味な音を立てて開いた。少しずつドアが開く。室内が見え始めると、待っていましたと言わんばかりに、フリルの付いたエプロンに身を包んだ未来が僕を出迎えた。

「お帰りなさい」

痙攣に似たような、小刻みな震えが走る。玄関に立っている僕に未来が言った。

「ねぇ、お腹空いてる？」

未来が微笑む。

「……ただいま」

かすれた声で返事をする。未来が僕の顔を覗き込む。

「顔色悪いよ？　体調壊したの？　どうしたの？　そんな所に立ったままで。もうお夕食できてるよ」

未来は不思議そうに僕を見つめ、声をかけた。

「とりあえず入りなよ。寒かったでしょ？　部屋の中、暖かくしてあるよ」

「え、あ……うん」

「今日のお夕食は、勇斗の大好物ばかりだよ！　早く中に入りなってぇ～！」

いつもと変わらない出迎えに、呆然と立ち尽くす。

「勇斗？　どうかしたの？」

「…………いや」

未来から視線を逸らせぬまま、ごちゃごちゃになった頭を両手で抱え込む。体がだるい。まるで他人の体みたいだ。

――やっぱり、考え過ぎなのか？　今日起きた事も、さっきの奇怪な出来事も、僕の体が疲れているだけなのか？　金縛りだって科学的に説明が付くはずだ。

頭の中をもう一度整理する。いや、整理するというよりは、この説明の付かない世界が、僕の考え過ぎであると言い聞かせていた。そう言い聞かせたかった。僕は、未来を愛していると……。いや……未来を愛していたと……。

いつまでも玄関口で放心し続けている僕に、未来は作り笑顔でこう言った。

「……もう……、裏切らないでね……？」

未来が、口許に無理やり笑みを作る。引きつった未来の笑みが僕の背筋を凍らせる。今までの奇妙な出来事が、未来の仕業ではないかという直感が、この一言で確信へと変わった。

生唾を飲み、未来に向け言った。

「……ＦＬＹ？」

消え入りそうな僕の声に、未来が振り返った。

「何か言った？」

笑顔を作る未来の口許は、小刻みに痙攣を起こす。笑みを浮かべようと広げた口からは、紫色の歯ぐきが剥き出しになっている。今にも腰が抜けそうな体を懸命に立たせ、声にならない声で、未来に向け再び問う。

「未来……お前は、……お前は、僕にファンレターを送り続けた、あの……、石を僕へ贈った、……ＦＬＹだろ？　未来、お前の正体は……ＦＬＹだろ！」

背中に生ぬるい汗がつたってゆく。未来の返答を待っていた。恐怖に呼吸が荒くなる。今すぐにでも逃げ出したい気持ちを死にもの狂いで抑えていた。

未来は僕の問いかけに少し驚いたような表情を浮かべたあと、予想もしていなかった返事をした。

「そうよ！　そぉれがなぁあぁに？」

瞳孔が開いてゆくのが分かった。僕の視界には、未来だけが映し出されていた。驚きの余り、未来から目を逸らせなかった。未来がＦＬＹであった事にこれほど驚いたのではない。自分の正体を明かされても、動揺もせず返答をする未来に、脅威的なものを感じていた。

「お前……、誰なんだ？」

とっさに問いかけていた。

「何言ってるのよ？　変な勇斗ぉ」

僕の問いに、未来はキョトンとした表情を見せると、甲高い笑い声を上げた。耳を劈《つんざ》く笑い声が部屋中に反響する。

「誰なんだよ！」

悲鳴混じりの叫びが響いた。ＦＬＹである事を認めたという事は、今までの出来事や僕らの出逢いも、運命などという美しいものなのではなく、全ては未来自身が引き起こした現象であり、未来が普通の人間ではない事を証明している。

――どうしてこんな事ができるんだ？　幻？　亡霊？……いや、違う……。未来は確かに生きている……。幻や亡霊が、あんなに生ぬるい血を流す訳はない。でも、だとしたらこの女は、いったい何者なんだ……？　人の感情はおろか、人の夢までも支配する能力があるというのか？……まさか、そんな事が……。

自問自答を繰り返す。未来の甲高い笑い声が、僕を一層困惑させる。

「勇斗、だっ大丈夫ぅ？」

ゲラゲラと笑い息を切らし、腹部を押さえながら苦しそうに未来が言った。

「……近付くな！　消えろ！　僕の前から消えろ！」

僕の大声に、未来の笑いがピタリと止む。口許には笑みを浮かべているが、目は険しく変化する。見開かれた目が、物凄い形相で僕を睨みつける。無理やり微笑む口許が、怒りに震えている。一歩一歩……ゆっくりと僕へ近付く。

「きっ消えろって言ってるだろうがぁ！」

とっさに叫びながら、未来に向かい重いカバンを投げ付けた。カバンは未来の顔面を直撃し、額から血が流れ出す。額の傷がパックリと口を開け、あっという間に未来の顔を染めていった。

「痛いなぁ～……やめてよぉ～もうっ！」

笑みを保ったまま未来が言う。さらに僕へと近付く。

「うぁっ、うあ、うあぁあああ！」

極限の恐怖に精神状態は限界を超す。悲鳴を発し未来を拒絶する。しかし未来は、一歩一歩僕へ向かい足を動かす。怒りに満ちた目に微笑みを絶やさない口許……未来は凄まじい姿で、僕に言った。

「勇斗、いつからそんな人になったのぉ～？　どうして私を怒鳴るのぉ～？　何で～？　何で私を避けるのよぉ～？　私、何かした～？」

甘えた口調が響く。目は僕を睨み続けたまま、未来は問いかけ続ける。甘ったるい声が鼓膜に届くたび、戦慄する。

「さっきから私の事、化け物みたいに言ってぇ～……どうしてぇ？　何でそんな意地悪すんのぉ？　勇斗をここまで大きくしたのは私でしょ～？　ねぇ、解ってるぅ～？　ねえ、勇斗は私がいなくちゃ何もできないんだよ？　気付いてないの？　私がいなくちゃ、勇斗には価値なんてないのよぉ～。

私はねぇ～、勇斗に尽くしてきたのよぉ～？　それはそれは大変な思いをしてさぁ～……。その私を怒鳴るだなんてぇ～……信じられない～～。

嫌だなぁ～……。自分だけ被害者みたいな顔しちゃってぇ～……。

私がＦＬＹだって事は、少し考えれば分かる事でしょ～う？　騙されたような顔しないでよぉ～……。最初に気付かない勇斗が悪いんだよぉ～……悪いのは、全部全部、勇斗なんだよぉ～……」

僕を責める声に、思わず耳を塞ぐ。瞳だけを怒りに染めたまま、さらに甘えた声で出された言葉は、僕を暗闇に導いていった。

「あのね、勇斗はもう私から離れられないよぉ～。たとえ勇斗が離れようとしても、それは絶対に無理なんだぁ～。だって、私は何があっても、絶対にぜぇ～ったいにぃ～、勇斗から離れないも～ん。あのねぇ、もしも私と勇斗の愛を邪魔するような意地悪っ子が現れたら、私、頑張って戦うよぉ。何をしても、どんな手を使っても、絶対！ぜぇ～ったい私が倒してみせるから～。ねぇ、勇斗ぉ～。勇斗は何も心配しないで、黙って私の側にいてくれればいいからねぇ～。ずっと、ずぅ～っと……永遠に……。そう、死んでも私の側にいてねぇ～……」

言葉だけでこれほどまでに恐怖を感じるものなのだろうか？　脳が、〝逃げろ！今すぐ逃げろ！〟と体に命令を下すが、恐ろしさのあまり体が言う事を聞かない。僕をまっすぐに見据え、不気味な笑みを浮かべ続ける未来から逃れたいのに、僕の足は命令を無視し動こうとしない。

未来は、普通ではない。この女は……正常な人間ではない……。

「勇斗、私の事愛してる？」

僕に近付き、未来が問いかけてきた。

「………やめろ！」

口から、未来を拒否する言葉が飛び出る。未来は不思議そうに僕を見つめた。

「何が？　どうしたの勇斗？　どうして嫌なの？　何があったの？　言ってみて？　私が守ってあげるから」

幼い子供を諭すように僕に向かっておいでおいでをする。僕は反射的に首を振り、未来を拒否し続けた。少しずつ、未来が僕に近付く。

「来るな……！　来ないでくれ！」

「あの子に出会ってから、勇斗は変わったよね。勇斗は純粋な心の持ち主だから、すぐ周りに影響されちゃう。困ったなぁ」

ため息混じりに未来が言った。

「あの子？」

思わず聞き返す。いったい未来は何を言っているのだろうか？　僕に何を望んでいるのだろうか？　僕はどうすれば、未来から解放されるのだろう？　未来はどうしたら、僕の前から姿を消してくれるのだろう？　どうしたら……。

一瞬の間に、さまざまな思いが駆け巡る。未来は僕を凝視し、再びため息をついた。

「勇斗は、私が何故悲しんでるか解らないのぉ～？」

僕は体を硬直させたまま、未来の問いに答えられずにいた。

「もぉーう、勇斗は女心を全然分かってないんだからぁ」

おどけた顔で言うと、未来はしゃがみこみ僕の手を取った。体が拒絶反応を起こし一瞬ビクッと動く。未来は離さないようにと、握った手に力を込める。どうしたら未来から逃れられるのかと、それればかりに思考をめぐらせる。頭の中で正常かつ冷静な答えを出そうと、頭を回転させ続ける。今にも恐怖で発狂してしまいそうな僕を、未来は微笑んで眺めている。握られた手に激痛が走る。

「痛っ！！！」

あまりの痛みに叫んだ。未来は手を離すどころか、ますます力を強めてゆく。

「ねぇえええ、早く入ろうよぉおお！！！」

小さな子供が駄々を捏ねるように言う。強靭な力で握られた手が、だんだん変色し始める。もはや手には痛みという感覚さえもなくなる。

――駄目だ……。まともに話ができる相手ではない。これ以上未来の精神を逆撫でしたら、この間よりも最悪な事態を招いてしまう。

脳裏に、先日のおぞましい光景が蘇った。力の抜け切った体を引きずるように動かし、僕は未来の手引き誘導によって部屋の中へ連行された。

未来は僕の手を引いたまま、食卓の前まで連れてゆく。テーブル一杯に所狭しと手料理が並べられていた。

「スープもあるの！　待ってて、今温めてくるから！」

満面の笑みを浮かべ僕に腰を下ろさせる。傷口から滴る血がテーブルに落ちる。並べられた手料理は、どれも僕の好物ばかりだった。僕が望みどおりに動いたせいか、未来はウキウキとしながら鼻歌混じりでキッチンへ立っている。上機嫌だ。やっと解放された手に感覚が戻り始める。そっと動かす。指先にはまだ感覚がない。未来が一歩動くたび、彼女の頭から流れ出る血がポタポタと床に落ちる。視線を逸らしたくなるほどの姿。顔中血だらけで微笑みを浮かべる未来が視界に入るたび、体中に電流が走り抜ける。逃げたい。一刻も早くこの場から……。しかし、今僕が逃げ出そうものなら、次はどんな恐怖が待ちうけているのだろう……。

不安定な精神を、少しでも安定させようと必死だった。未来の言動からすれば、思いどおりに動いた僕に危害を加える事は、今のところないだろう。今僕にできる事は、未来の感情を荒立てない事だ。もしも今、これ以上未来の精神を逆撫でしたら、未来は確実に狂い始めるだろう。今でさえ僕の手には負えない未来がさらに感情を荒立ててしまったら、身の危険が予測される。今は未来に逆らわず、未来の望みどおりに行動するのが的確だ。少なくとも、僕が未来と過ごした日々で、何らかの危険が迫った事はない。いや……、反対に、僕の生活はバラ色に変化していった。その事自体もおかしな事だったのだ。望んでいた事が短期間で全て叶うなど、冷静に考えればあり得るはずがないではないか……。才能のかけらもなかったこの僕が……。

もし、僕の平凡で味気なかった生活を、夢にまで見ていた今現在まで変化させたのが未来の力であるとしたら、未来は人の心や感情を自由に操る事ができるという事になる。

僕は〝先日まで未来を愛していた僕〟を演じる事にした。未来の機嫌を損ねず、未来が何者であるか、これからどうするつもりであるのかを探り、未来から逃れる道を探すしかない。今ここで逃げ出しても、もし未来が人の心や感情を操れるなら、僕は必ず未来に捕らわれるだろう。そして、その時はもう決して逃れられない。

――僕は役者だ。プロの役者だ。演じろ！　未来を愛している僕を演じるんだ！

自分自身に強く言い聞かせる。キッチンに立っている未来に目をやる。未来は上機嫌のまま、鍋の火を調節している。決して笑みを絶やさない未来に、言葉にできないほどの恐怖を感じる。何を考えているのだろうか……？　何を求めているのだろうか……？　いったい僕に、どうしろというのだろう？　言葉どおり、永遠に……死んでも僕を側に置いておきたいというのだろうか……。鼻歌を歌う未来の背中を見ているだけで、今にもおかしくなってしまいそうだ。

部屋中に美味そうな匂いが漂う。鍋の中のスープが、クツクツと音を立てて温まっているのが分かる。僕は〝未来を愛している僕〟を演じようと集中する。

「お待たせ、今日はチキンと野菜のトマトスープ！　力作だよ！」

得意気に、未来が温まったスープをテーブルに置く。

「あ……ぁ、美味そうだね。ハラペコだったんだ。嬉しいよ」

「良かった！　たくさん作ったからいっぱい食べてね！」

未来の機嫌はさらに良くなり、嬉しそうに僕にスプーンを手渡した。未来に笑顔を向けながらも、この笑顔が作りものである事を悟られないだろうかと、僕はひどく怯えていた。

スープに口を付ける事に戸惑う。僕の中で、未来はすでに化け物だった。化け物が作った手料理には、何が入っていてもおかしくはない。

心の中にふとそんな思いが駆け巡る。心を落ち着かせようと必死になる。

――冷静にならなくては、未来に全てを見抜かれてしまう。そんな事になったら、僕の計画は台なしだ。

何度もそう言い聞かせ、僕はスープに口を付けた。スープが口の中に入ってくる感触だけは分かるが、味なんて全く分からない。ただ、口の中に流れてくる液体を、必死に飲み込んでいた。

「どう？　美味し～い？」

未来が僕に尋ねる。

「あぁ、美味いよ」

笑顔で答える。未来に向けた笑顔が少し引きつっているのに気付き、慌てて下を向く。

「良かったぁ。頑張った甲斐があったよ」

演技がバレていないところを見ると、未来は人間の心を読む能力はないらしい。

……本当は人の心を読むなど、そんな事自体あり得ないはずなのに……。自分の思考が狂ってしまったのではないかと心配になる。僕と未来の間に沈黙が生まれる。部屋の中に、スープをすする音だけが響く。

――何か話さなければ……。会話の中から、未来の心理を探らなくては……。

破裂寸前の頭脳で、未来に向ける言葉を探す。

――駄目だ。このままじゃ悟られてしまう。演技だと気付かれたら、僕は終わりだ！

ドクッドクッと、心臓が暴れる。心拍数が増すたび、焦りが生じる。

「ねぇねぇ勇斗ぉー、おかわりする？」

未来が沈黙を破った。首を斜めに傾けながら、僕が料理を食べる姿をただじっと見ている。

「あ、う……ん、ありがとう」

空になった皿を未来に手渡す。皿の中に、未来の額から滴った血が溜まる。吐き気がする。

「ねえ～勇斗ぉ～、今日何かあったのぉ～？　何だか元気がないみたい……」

僕の手から皿を受け取った未来が、平然とした口調で言った。未来を視界へ入れないように俯く。

「いや、何もないよ。ただ、凄く腹が減っていたから……。夢中で食べてただけだよ」

「そんなにお腹が空いていたなら、もっと早く言ってくれればいいのにぃ。だから勇斗、さっきちょっと変だったんだ」

未来はウフフと声を出して笑い、空の皿へスープを溢れ出す寸前までよそった。僕は演じるという事が、どれほど精神力を使うのかを初めて知る。しかし、ここで失敗をする訳にはいかない。これは僕の人生を賭けた、言わば僕と未来の闘いだ。僕は、何が何でも未来に勝たなければいけない。この闘いに負ければ、目の前にいる未来に、僕は必ず殺される。さっき未来が言った言葉に偽りはないはずだ。あの言葉は未来の本心であると、確信していた。未来の言葉どおり、僕が未来の前から姿を消したとしても、未来は必ず僕の前に現れる。確実に……。

だとしたら、いったいどうすればいい……？　未来が僕の前から姿を消してくれるには、今未来が僕に抱いている強烈な愛情を冷めさせ、未来の意思で僕から消えてもらうしかないのではないか？　今未来が抱いている僕への想いは、異常だ。今すぐこの場で、未来の愛を冷めさせる事は不可能だ。未来が僕の前から未来の意思で離れるには、きっと時間が必要だ。

　未来から解放される事ばかりを願意していた。僕はよそられたスープに口を付け、未来と会話を始めた。味覚が感じられないスープを飲み込むたび、胃に流れ込む液体を今にも吐き出しそうになる。緊張と恐怖に胃が捩れ曲がる。

「僕……何か、その……さっき変だった？」

　言葉が上手くまとまらない。

「変だったよぉ。だって勇斗、まるで私を怖がっているみたいだったもん！」

　未来は頬を膨らまし、口を尖らせながら僕を見る。

「ごめん、仕事で少し疲れていたんだ。……ごめんな」

　未来の機嫌を取るように、低姿勢を装う。

「もぉーう、ちょっと悲しかったぁ！」

　上目使いで僕を見る。未来が笑顔を取り戻す。

「でも大丈夫、私、勇斗の事信じてるから！　勇斗が私を嫌いになるはずないもん！　それに、勇斗がお仕事で疲れているのだって、私、理解しているつもりだよ！　大変なお仕事だもんね！」

そう言うと、未来は僕の手を握り、僕に問いかけ続けた。

「ねぇねぇ～私の事、愛してる？」

「勇斗が愛しているのは私だけ？」

「勇斗は私から離れている時間、私の事をどれくらい思い出してるぅ？」

「勇斗、私とヤリたい？」

「勇斗は私の愛を感じてくれているよね？」

「ねぇ勇斗、私の何処が好き？　全部？　私はねぇ～、勇斗の全部が好きぃ～！　細胞の一つひとつまで……ぜぇ～んぶ!!　ねぇ、勇斗も私と同じ？　私と同じ～？」

「勇斗、私はね、勇斗を見るだけで結ばれたくなっちゃうよ。ねぇ、勇斗、私としたい？」

質問の嵐に、言葉を詰まらせる。

――どうしたら、未来は僕を嫌いになってくれるのだろう？　未来のこの異常なまでの愛情を消し去るには、どうしたらいいんだ？

再び頭痛が起きる。死にもの狂いで未来へ返答する。

「愛しているに決まってるだろう」

「未来しか愛してないよ」

「いつも、未来の事だけ考えてるよ」

僕の口から、ありきたりの愛の言葉が出される。未来を愛している……そんな感情を、僕はもう持てないのに。

未来が僕を求めるだけ、僕は未来を恐れる気持ちを強めていった。

こうして未来の精神を安定させていれば、未来から逃れる道が開かれると思っていた。恋人同士にいつか別れが訪れるように、未来が納得して僕から離れてくれる日が来ると思っていた。ただ、今の未来にはそれが不可能なだけで、今はその時期ではない、そう思っていた。時間をかけ未来との別れに全力を尽くせば、必ず離れられると信じていた。未来を愛している僕を演じ、未来との恋愛ごっこを続けていれば、必ずチャンスは来ると……。

Ⅶ暗黒への切符

二〇〇五年一月一日
世間は元旦を祝う人達でにぎわっていた。新しい年が幸福でありますようにと、祈りを込めた笑顔が街中に溢れていた。

僕は社長から呼び出され、事務所へと向かっていた。いつも歩いている街並みはより一層に騒がしく、あちこちに飾られている門松が正月気分に拍車をかける。

ピリリリリ！

携帯が鳴っているのに気付く。携帯のディスプレイには、知らない番号が表示されていた。一瞬躊躇したあと、携帯の通話ボタンを押した。

「……もしもし？」

不審に思いながらも電話に出ると、受話器から元気な声が響いた。

『もしもし、勇斗くん？　私、いのり。明けまして、おめでとう！』

「いのり！」

驚きで声が上ずる。

『うん！　あっ、ごめん、今電話して平気？』

「うん、明けましておめでとう。平気だけど……、よく番号分かったね」

『早瀬さんから聞いたの。勇斗くんの連絡先、聞いてなかったから』

明るく澄んだいのりの声は、何故か僕を安心させた。

『この間の話だけど、勇斗くんいつなら時間取れそう？』

「あぁ、僕のほうは今そんなに忙しくないから……。いのりのほうがスケジュール空けるの大変なんじゃない？」

いのりは売れっ子天才女優として、世間から注目を浴びている存在だ。ドラマや映画はもちろん、数多くのＣＭをこなし、現在も多くの仕事とかけ持ちでドラマの撮影準備に入っている。これから羽ばたこうとしている僕と、もうすでに羽ばたいているいのりとでは、自由に使える時間も違ってくる。本当なら僕から連絡を入れなければならないのだろうが、正直僕には、そこまでのゆとりなどなかった。未来から離れている時間でも未来の言葉どおり、僕は未来から解放されずにいた。何処にいても、何をしていても、すぐ側に未来がいるような気がしてしまう。強烈な束縛が僕を狂わそうとしていた。道を歩いていても、未来がすぐ側にいる気がして、何度も後ろを振り返ってしまう。僕の精神力はもはや尽き果てる寸前だった。

そんな僕にとって、いのりの無邪気な明るさは、唯一心休まるものだった。

『明後日撮影が始まるでしょ？　できれば、撮影の前に一度読み合わせしたいんだけど』

「明後日なら僕も時間が取れるよ」

『良かった！　本当なら明日時間が取れれば良かったんだけど、明日はスケジュールが埋まってて……』

「そうか、忙しそうだもんね、体壊さないように頑張って」

『ありがとう、勇斗くんも体には気を付けてね、勇斗くんは私の大切なパートナーなんだから。頑張って良い作品作ろうね』

電話口からいのりを呼ぶスタッフの声が聞こえる。

『あっ、ごめんなさい、もう切らないと……』

いのりが申し訳なさそうに言った。

「いや、わざわざ連絡くれてありがとう。仕事頑張って」

いのりを呼ぶ声が、大きくなっているのが分かる。

『うん、じゃぁ、また！　明後日、会えるの楽しみにしてるね！』

プチッと小さな音と共に、いのりの声が消えた。数回大きく息を吸い込む。いのりの声が聞こえていた携帯電話をいつまでも握りしめたまま、一人佇んでいる僕がいた。無意識のうちに時間が過ぎるのを待っていた。明後日という日が早く来ないかと、心の片隅で待ち望んでいた。

待ち望んだ日が、あんな事になるとも知らずに……。

二〇〇五年一月三日
僕はこの日を、永遠に忘れない。

いよいよ〝遠い風に向かって〟の撮影が始まろうとしていた。寝不足の目をこすりながら、ベッドから起き上がる。窓の外を眺めると、雨がシトシトと降っているのが見えた。

「雨か……」

ため息混じりの声が出る。

「……おはよう、天気、晴れなかったね」

背後から未来の声がする。未来は温まった味噌汁を器に注ぐと、テーブルに置いた。テーブルには、炊き立てのご飯と半熟の目玉焼き、少し焦げ付いたウィンナーはタコの形に切ってあり、未来の料理好きを表している。

「早く食べないと遅れちゃうよ？」

真っ赤な口紅を塗った口許が笑みを浮かべる。

ここ数日、未来が僕への想いに区切りを付けてはくれないかと、僕はチャンスを窺っていた。そんな心の嘆きに反発するかのように、未来は日に日に化粧を濃くし、短期間で顔を変化させていった。芸能界という世界に入り、メイクで美しさに磨きをかける人達を数多く見てきた。メイクは僕の中ではもはや魔法だった。どんなに憂鬱な気持ちの時でも、メイクをし、変化した自分を見ると気合いが入る。さっきまでため息をついていた自分にさよならをし、頑張ろう、頑張れる、という、希望に似た想いを抱く事ができる。メイクアップアーティストなどという類の、人を美しく変身させられる人達は、メイクという名の魔法を操る言わば魔法使い《マジシャン》だ。

これは上京したてで、東京の街並みにも芸能プロダクションにもどぎまぎしていた僕が、芸能界に入り最初に思った事だった。あの時の僕は、メイクが起こす魔法のような輝きにただただ魅了されていた。

しかし未来のメイクからは、放出されるはずの美がなかった。本来、人の美しさや可愛らしさを力強く表してくれるはずの美が、未来の顔からは微塵も感じられない。いや、それだけならまだいい。未来の顔からは、美が放出されていないだけではなく、人間らしさまでもが失われている。大きい二重の瞳は、真っ黒なドぎついアイラインが目元いっぱいに引かれていて、長いまつ毛には大量のマスカラが塗られている。未来が瞬きをするたび、大きな目が全ての物を凝視しているように見え、殺意さえ感じる。鼻筋の通った高い鼻には濃いラインが引かれ、異様に鼻が高く見える。薄く小さい唇には真っ赤な口紅が塗りたくられていて、色白な肌とのギャップが目立ち、まるで人を喰ったかのようにさえ見える。未来のメイクからは、僕の願意に対する抵抗が感じられた。

〝私、絶対あなたの側から離れないわよ！〟

そんな思いが伝わってくるようで、メイクのほどこされた未来に対し、僕は心の中で呟いていた。

——化け物！

そう……、もう僕には、未来が化け物以外の何者にも見えなかった。あんなに愛した女性、未来……。現実の世界で未来に逢うためなら、何でもできると思っていた。未来がこの世に存在しているのではないかと期待をしては、未来の姿を街中で探した。僕は未来を求めていた。それも、ほんのつい最近の出来事なのに。

「食べないの？」

未来が不満そうな顔をする。未来の機嫌を損ねないように、とっさに低姿勢になる。

「いや、ごめん、食べるよ。美味そうだな」

「美味そうじゃないの！　美味いの！」

おどけた顔で未来が言う。未来のジョークさえも感じ取れず、湯気の立った味噌汁に口を付ける。未来は僕が料理を食べる姿を、いつものようにただじっと見つめる。

「……うん……美味い」

味など分からない。未来の精神がまた、不安定になり狂い出さないようにと機嫌ばかりを窺う。

――まるで未来の奴隷だ……。

口から、大きなため息が漏れる。

「どうしたの？　元気がないみたい……。お料理、美味しくない？」

僕が吐いたため息に、未来が過敏な反応を示す。心がビクッと怯える。もう、未来が口にする何気ない言葉さえも怖くて堪らない。

「ううん、美味いよ！　すっげぇ美味い！」

温まった味噌汁を一気に飲み干した。未来は一瞬で上機嫌になる。

「そう？　ありがとう。嬉しいわ、勇斗。愛してる」

満面の笑みを浮かべながら、未来は器になみなみと味噌汁を注いだ。

「今日から撮影が始まるんでしょ？　たくさん食べて、体力つけなきゃね！」

「あぁ……、ありがとう」

「ねぇ、勇斗は私の事を愛しているでしょ？　私も勇斗を愛しているわ」

「……あぁ。……愛してるよ」

演技でさえも、声にするのが困難になっていた。

今ここで全てが演技だとバレる訳にはいかない。僕に愛されていると思い込んだままでいてもらわなくてはならない。口にしているありきたりの愛の言葉が、全て偽りである事を察せられてはならない。

しかし、未来が言った一言で、この僕の選択が間違いであった事を思いしらされた。未来を愛している僕を演じていれば、必ずこの女から逃げられると思っていた計画全てが、取り返しのつかない状況を呼び込んでしまっていたと僕は初めて気付く。

「私ね、決めたの！　私と勇斗の愛を邪魔する奴は、私が絶対何とかしようって！」

「何とかって？」

僕は即座に聞き返した。心臓が一瞬、激しく震えた。

――この女は、いったい何を考えているんだ？　また狂い始めたのか？　それとも……。

「……内緒！　勇斗は何も心配しないで！　大丈夫よ！　私に任せてくれてればいいの！　安心して、私と勇斗は死んでもずっと一緒よ！」

異常なほど赤く染まった唇が、引きつるような笑みを浮かべる。未来の言葉は、僕に冷酷な想像をさせた。次々に僕の脳裏に残虐な光景が映し出される。

「教えてよ……。何とかするって、どういう事？」

弱々しく未来に尋ねた。未来は満面の笑みを浮かべ、僕を見つめる。

「知りたぁ～い？」

「うん……」

甘ったるい口調に嫌気が差す。

「知りたいよ……。何とかするって、何？」

未来は頬杖を突き、微笑みを浮かべたまま嬉しそうに言った。

「退治する～」

「退治？」

とっさに聞き返す。未来は微笑んだまま僕を見つめている。発した声が震えていた。

「……退治って……どういう事？」

「ん～？　何がぁ～？」

「今、退治するって……」

「え～？　そんな事言ったっけぇ？」

「言ったよ……今、退治……」

「もぉ～う、そんな事はどうだっていいじゃなぁ～い。勇斗は何にも心配しないで、私だけを愛してくれていればいいのよぉ～。ほ～んと、勇斗は心配性だなぁ～……」

楽しそうに笑い声をあげる未来に、恐ろしさが募る。

――これ以上、この女に正常な男女の別れを望んでも無駄だ！　今すぐ、この女と別れなければ、永遠にこの女から離れられない！　これ以上この女と関わったら、もう……何もかもおしまいだ！

真っ白になった頭で、呟くように言っていた。未来と一緒にいる事はとうに限界を超していた。

「……ごめんなさい、お願いです！　別れてください！」

懇願するように言った。心の底からの願いだった。未来にこれ以上関わったら、僕はもう人間でなくなってしまうと感じていた。未来の言葉の全てが怖かった。未来の化け物のような心が恐ろしかった。

懇願する僕に、未来は見開いた目で言った。

「誰にそんな事を言わされているの？　勇斗、あなたにそんな言葉を言わせているのは、いったい誰？」

「……誰って？」

未来の言葉が理解できず、聞き返す。未来は大きなため息を吐いた。

「勇斗、あなたの周りにいる人達は、やっぱりあまり良い人達じゃないようね。前にも言ったけど、勇斗は純粋なぶん周りの人間に影響されやすいのよ！」

――……この女は、僕の言葉さえも理解できないのか？

体が硬直しだす。

「あぁ～、私も甘く考えていたわ。勇斗がここまであの人達に洗脳されているとは気が付かなかった。でも、愛し合っている私と勇斗を邪魔しようなんて、あの人達もずいぶんな事してくれるわね！　私の勇斗をこんなに苦しめるだなんて……私の勇斗を困らせるなんて……」

「……何を言っている？」

未来に問う。未来は頬杖を突きながら時計を指差した。

「勇斗、もう出る時間よ。早く行って！　大丈夫！　何も心配いらないわぁ！　あとは全て私に任せて」

時計は八時半を指していた。たしかにもう家を出なくては仕事に間に合わない。しかし、今はそんな事よりもこの女を説得しなくてはならない。何としてでもこの女から逃れなくては、僕はもう俳優として芸能界で生きられなくなるだけではなく、正常な人間としてこの世に生きてはいられないだろう。

外から車のクラクションが聞こえる。

「ほら、早く行ってぇ～。平気だからぁ～、私が守ってあげるからぁ」

未来は鞄を僕に手渡し、背中をパンッと叩いた。

「心配しないでぇ～。絶対何とかするから」

僕に微笑みかける未来に叫んでいた。

「違うんだよ！　今言った言葉は……、別れたいっていうのは、僕の本心だ！　誰に何を言われた訳でも……っ！　お願いだ！　別れてくれ！　お願いだからっ！」

「もう平気だから！　いいから！　任せてって言ったでしょう！　安心して！」

僕の声を未来が打ち消す。背中を強く押し続け、玄関まで移動させられる。据わりきった目で未来が言う。

「早く行って！　勇斗が遅刻したら、またあの人達にいいように動かされるんだから！」

意味の通じない言葉を述べたあと、未来が再度僕に言った。

「全て私に任せておいて……。勇斗は何も心配しなくていい。どうするか……、もう決めたから。あなたを悪の道に引きずり込もうとする奴は、私達の愛を邪魔する奴は……、私が勇斗の代わりに……、必ず……」

未来は勢い良くドアを閉めた。ドアが閉まる瞬間、歯ぐきを剥き出しにしながら笑う、おぞましい笑顔が見えた。腰が抜けそうになった体を引きずるように動かし、僕は岩本の待つ車へ向かった。

こんな僕に同情でもしているかの如く、空からは無数の雨粒が降り注ぎ、僕の代わりに泣いているようだった。これから僕に訪れる不幸を、案じているかのように……。

岩本が運転する車内でも、僕は怖くて仕方がなかった。未来の薄気味悪い顔が瞼に焼き付き離れない。さっき未来が僕に言った言葉が、耳の奥で繰り返される。

——どういう意味なんだ？　何を企んでいるんだ？　僕は……僕は、あの女からどうしたら離れる事ができるんだ？　あの女は、これから何をしようとしているんだ？……逃げられないのか？　僕はあの女から、もう逃げられないのか？　もう……永遠に……。

「……嫌だ……嫌だ、嫌だぁぁぁぁぁぁぁ！！」

キキキキキキキキィイイイ！！！！！

僕の叫び声に驚き、岩本が急ブレーキをかけた。車が大きな揺れを起こす。

「どうしたんっすか！　大丈夫っすか？」

岩本が驚いた顔で問いかける。挙動不審になりながら呟く。

「ごめん、大丈夫……。大丈夫だから……」

「……そうっすか……、大丈夫なら……いいっす」

突然大声を出した僕に相当驚いたのか、岩本は車のスピードを上げテレビ局へ急いだ。テレビ局に着くまでの間、僕も岩本も一言も口をきかなかった。岩本が僕をヤバイ奴なのではないかと警戒しているのが、手に取るように分かった。沈黙が続く車内で、乱れる精神を落ち着かせようと必死だった。

沈黙が続くのが耐えられなかったのか、車のスピードはますます上がってゆき、いつもの半分の時間でテレビ局へと辿り着いた。岩本が恐る恐る声を発する。

「……あの、着き……ましたけど」

深呼吸を二、三度繰り返す。

「あぁ……、ありがとう」

俯いたまま岩本に言い、局内へ入る。未来の言葉が頭の中でリピートされる。堪らず、岩本に問いかけた。

「あのさ、人間が人の心に入り込んだり、人を自由に動かせたり……、人間が他の人間を操るなんて事が……できると思うか？」

真顔で問いかける僕に、少しの沈黙のあと岩本が口を開いた。

「できるわけ……ないじゃないっすか……。何言ってるんっすか？　今日の勇斗さん、マジでチョットおかしいっすよ。何か……あったんすか？」

「本当にできないと言い切れるか？　人の心や体を支配し、自分の思うがままに動かせる奴なんか絶対にいないと、本当に言い切れるか？」

「…………………」

「答えてくれよ！　言い切れるのか！　現実にそんな化け物は存在しないと、本当に言い切れるか？」

　僕の強い口調が、玄関ホールに響いた。玄関ホールにいた人々が、驚いた表情で僕らを見ている。岩本は眉間に皺を寄せながら僕を凝視した。僕に対し警戒を強めたのが分かった。岩本にとって、僕はどうかしているとしか思えないだろう。だけど、未来の言葉が耳から離れない。脳裏に浮かぶ残虐な映像は、ただの想像に過ぎないと、第三者から……正常な人間から否定してもらいたくて堪らなかった。

　恐れるように岩本が答えた。もう、僕の目さえも見られなくなっている岩本がいた。

「……言い切れます」

「本当だな？　本当にそんな人間はいないんだな！　言い切れるんだな！」

　力強く岩本の両腕を掴み、再度確認する。岩本はそんな僕に腹を立てたように、大声で答えた。

「言い切れますって！　そんな人間がいたら、とっくに世界は破滅しているでしょう！そんな人間はいるはずがない！　絶対にいねぇよ！」

　掴まれた両手を振り払い、岩本が言った。

「……遅刻しますよ。今日、小原いのりさんと個人リハなんっしょ。早く行かないと……」

　腕時計を僕に見せる。時計は、約束の時間を指していた。

「……あぁ、……変な事聞いて、ごめんな」

いのりとの待ち合わせ場所に足を運ぼうとする僕に、岩本がため息混じりに言った。

「今日から撮りが始まります。勇斗さん、マジでしっかりしてください。……撮りが始まる前、また来ますから……、個人リハ、頑張ってくださいね」

岩本は逃げるようにその場から立ち去った。僕は岩本の背中をしばし眺めたあと、いのりとの待ち合わせ場所へ急いだ。

待ち合わせ場所に向かう中、岩本の言葉を思い出していた。

『そんな人間がいたら、とっくに世界は破滅しているでしょう』……か。……たしかにそうだ。人の心や体を支配できる人間が本当にいたなら、岩本の言うとおりこの世はとっくに破滅している。いや、こんな事を真剣に考える事自体、異常なんだ。

さっき僕に向けられた、岩本の呆れ顔が目に浮かんだ。

——岩本の言うとおり僕の考え過ぎなら、未来から逃れられる道も見つかるかもしれない。……未来が何者であるのか、もう一度冷静な頭で考えなければ！　未来が化け物でない普通の女ならば、未来から離れる事ができるはずだ！

希望の光が射した気がした。僕は岩本の言葉を、頭の中で幾度も繰り返した。岩本の『そんな人間はいるはずがない！』という言葉は、狂い出そうとしている僕の精神を安定させてくれた。大きく息を吸い込み、気持ちを落ち着かせようとする。怖さで緊張しっぱなしだったせいか、心身共に疲れているのが分かる。未来の顔が浮かぶたび、肩にズンッとした重みを感じる。未来への恐怖が募るたび、必死に岩本の言葉を思い出す。岩本に助けられたと思った。もし、岩本が僕の問いに答えてくれなければ、僕は未来の圧迫に耐えられなかっただろう。岩本が付き人で良かった……。初めて本気でそう思った。岩本がいなかったら……、岩本がさっきの言葉をくれなかったら、僕は狂っていただろう。

エレベーターの△ボタンを押し、エレベーターが下りてくるのを待つ。腕時計は、いのりとの約束の時間を五分過ぎていた。９Ｆ、８Ｆ……６Ｆ……３Ｆ、２Ｆ……。エレベーターが下りてくる表示を目で追う。約束の時間は過ぎている。急がなくてはいのりに失礼だ。

チーン……と、電子音が響く。僕は早々とエレベーターに乗り込み、８Ｆのボタンを押す。扉が閉まりゆっくりと上昇し始める。もう一度深呼吸をし、８Ｆに着くのを待つ。１Ｆ、２Ｆ……５Ｆ、と上がってゆくたび、いのりの無邪気な笑顔が浮かんでくる。無意識に口許がほころぶ。今の僕にとっては、さっきの岩本の言葉と、いのりだけが心のより所だった。特にいのりには何度助けられた事だろう。僕よりも年下のはずなのに、妙に色っぽく女らしい。しかし、女々している訳ではなく、笑った顔には何処か幼さが感じられる。美しいと言うよりは可愛いと言ったほうが、いのりには似合っていると思う。

「美しいと言うより可愛い……か」

ポツリと呟くと、ある事を思い出しハッとした。

――何で未来は……、未来の顔は短期間で変化したんだ？

そう、不可解な謎はまだ何も解かれていない。……滝沼未来＝ＦＬＹ。あの、化け物と化した女は、それは人形のように美しく、清らかで、見る者を魅了するほどの美貌の持ち主だった。それが、たった二ヶ月……いや、数週間という短期間で、おぞましい顔に変化している。歯ぐきを剥き出しにし、目はまるで見る物全てを抹殺しようとしているかのようだ。数週間前まで、未来はたしかに心のオアシス的存在だった。未来の輝かしい美貌は、性欲の薄い僕でさえも欲情させた。それが、どうしてあんなにも奇怪な顔へと激変したのだろう？

――メイク？　いや……、メイクであそこまで変わるはずがない……。だとしたら何なんだ？　何かが変わっている。何かもっと根本的なものが違うはずだ……。何だ？

何なんだ！

未来と出逢う前の日々を、もう一度思い返す。重大なものを見落としているはずだ。未来がＦＬＹである事を明らかにしただけでは、謎は何も解かれない。未来の正体であるＦＬＹ自体が、謎に包まれた存在なのだから……。ただ、今の段階で分かっている事は、ＦＬＹと名乗る女からのファンレターで、以前の僕は精神的に救われていた事。そのＦＬＹから貰ったムーンストーンが、僕の地味で平凡だった生活を変化させた事。ＦＬＹの正体である滝沼未来が僕の夢に現れた事。そして、未来に魅了された僕が、未来に恋焦がれ、現実の世界で未来を捜し求め……、そして未来と現実の世界で再会する事ができた……。そして、未来と僕は………。

「あぁああああああ！！　頭がおかしくなりそうだ！」

起り得るはずのない出来事を思い返し、気が狂いそうになる。両手で頭を掻き毟る。チーンという音がエレベーター内に響く。再びハッとし、グシャグシャになった頭を整える。

扉がゆっくりと開かれ、長い廊下が姿を現す。テレビ局内はもうにぎやかにざわめき出している。僕は慌ててエレベーターを降り、いのりの待つ第三会議室へと急いだ。

廊下を歩きながら、心中のざわめきに苛立っていた。心に何かが引っかかったまま、それが何かも分からずに苛立ちだけが高まっていた。重大な何かを思い出せば、この状況から抜け出せる事を確信しているのに、その重大な何かが思い出せない。第三会議室の扉を開ける。

長テーブルとスチール製の椅子が並ぶ殺風景な室内が現れる。長テーブルの真ん中にチョコンと座っていたいのりが言った。

「遅いよぉう！　十分遅刻でぇす！」

「ごめん、本当にごめん……」

苛立ちを抑えられぬまま、重い気持ちで僕が謝ると、いのりは慌てて言った。

「やだ、ごめんね、怒らせちゃった？　本当は私も今来たところなの！　気にしないで！」

両手をブンブン振り、焦った仕草を見せる。遅刻した僕が悪いのに、そんな僕に必死に謝るいのりの人柄に、つい噴き出してしまった。噴き出す僕を見て、いのりが口を尖がらせた。

「ひどーい！　どうして笑うのぉ？　もう勇斗くん嫌い！」

ふくれっ面を僕に向けたあと、いのりも僕につられて笑い出す。室内に僕といのりの笑い声が響き合う。

「いや、マジでごめんね。何かいのり一生懸命で可愛かったから……」

笑いが止まらぬまま再び謝る。何気ない僕の言葉に、いのりが赤面した。

「……やだ、勇斗くん……、からかわないでよ」

いのりが下を向く。いのりの反応にビックリし、笑いが止まる。赤面し俯いたままのいのりが、恥ずかしそうに僕を見た。一気に静かな空気が流れ出す。いのりにつられ、僕も恥ずかしい気持ちになる。しばらく沈黙が続き、気まずいムードの中、いのりが言葉を発した。

「……ごめんなさい、何か気まずい雰囲気にしちゃった、私……」

「え？　何？」

言葉を詰まらせたいのりに聞き返した。いのりはますます赤面する。

「あのね、……私が、もしも……、あっ、もしもだよ！　もしも私が……、その、勇斗くんをす……きに、好きだって言ったら、勇斗くんはどう思う？」

今にも泣き出しそうな目を僕に向ける。突然のいのりの告白に、激しく戸惑う。

「どうって……、えっと、あの……」

言葉を詰まらせる。

「……勇斗くん、気付いていたと思うけど、……私、私勇斗くんが好きみたい。大好きみたい」

いのりが言った。耳まで真っ赤だ。

僕は必死に言葉を探す。何と答えていいのかさっぱり分からない。仕事のパートナーであり、国民的人気女優の小原いのりが、今僕を好きだと言っている。予想もしていなかった状況に、僕の頭はパニックを起こす。何も言えず俯いてしまう僕に、いのりは少し悲しそうな瞳を向けて言った。

「……あ、別に付き合って欲しいとかそういうんじゃないの！　ただ、私、自分の気持ちとか隠してられないタチだから……。ごめん、忘れてくれていい！　ごめんなさい！」

そう言うと、いのりは再び両手をブンブンと振った。焦った時に出るいのりの癖らしい。目の前で慌てているいのりに、切なく甘酸っぱい気持ちが込み上げる。あたふたと両手を振り続けるいのりを、愛しいと感じていた。この時初めて、僕はいのりに恋愛感情を抱いている事を自覚した。しかし、同時に未来の顔が目に浮かぶ。恐ろしい形相で笑う未来の顔が……。

できる事なら、今、目の前で僕を好きだと言っているいのりを抱きしめたい。だけど、今の僕にその資格はない。僕には、化け物と化した未来がいる。もしも未来が普通の精神を保った女性であれば、身勝手な話、この場でいのりを抱きしめ、未来と別れる事も可能だろう。しかし、僕にまとわり付いている滝沼未来は、普通の女ではない。それどころか、僕にはその滝沼未来から逃げ出せる道すら開かれておらず、未来の正体さえ不明なままだ。もしも僕が、今いのりを受け入れてしまったら僕の身の危険の他、いのりの身の危険さえも予測される。僕が生きる自由を取り戻すには、未来から解き放たれるしかないのだ。

長い沈黙の中、静かに口を開いた。

「ごめん、いのりの事……そういうふうに考えた事ないから……」

いのりの両手が止まった。

「……うん、分かった……突然ごめんなさい」

「本当にごめんな……」

『僕も好きだよ。僕もいのりが好きなんだ』……今この場でそう言えたなら、どんなに幸せだろうか……。しかし、大切に思っているいのりを危険に巻き込みたくない。大切だからこそ……愛しいからこそ、僕はこの場でいのりを受け入れてはいけない。それが僕にできる、ただ一つのいのりへの愛の形だ。切なさが胸を締め付ける。

涙ぐんだ瞳でいのりが言った。

「ううん、それは私の台詞だよ！……ねぇ、勇斗くん……」

「うん、何？」

「私の事嫌いじゃなければなんだけど……」

「うん、嫌いじゃないよ！」

「なら、友達として今まで通り接してくれるかな？　これからドラマも始まるし……、勇斗くんとはずっと仲良しでいたいし……、駄目かな？」

「ううん、そのほうが僕も嬉しいよ。ありがとう」

「うん、じゃぁ、約束ね」

いのりは小指を立たせた右手を差し出した。目に涙を溜めながら僕を見るいのりと、友達でいる約束の指切りをした。いのりが小さな笑みを口許で作った。

「約束、破っちゃ駄目だよ？」

「破らないよ、いのりこそ破らないでね？」

冗談ぽく言った僕に、いのりが笑う。

「はい、誓います！」

そう言い、いのりは僕に敬礼をしてみせた。いのりを抱きしめたい感情を押し殺す。

「僕も、誓います！」

いのりの敬礼を真似た。

「もーう！　バァカ！」

いのりが僕の右腕を軽く叩く。ハハッと声を上げ笑う僕に背を向け、いのりは鞄から台本を取り出した。

「さっ、じゃあ親睦も深まった事だし、そろそろ始めましょうか？」

台本を左右に振りながらいのりが言った。僕は頷き、自分の鞄から台本を取り出した。予定より二十分遅れで、いのりとの個人リハーサルが始まった。瑠璃子に向かって言う愛の言葉に、僕はいのりに抱く恋心を込めていた。裕也が瑠璃子にの言葉に、思わず涙ぐみそうになった。初めて、裕也の気持ちが理解できた気がした。

室内に、切なさに押し潰されそうになった裕也の声が響いた。

いのりとの個人リハーサルを終え、僕は先に第三会議室を出た。テレビ局内といえども、僕もいのりも芸能人だ。これから始まるドラマの収録を控えながら、ゴシップ記事でも書かれたら、僕はともかく、いのりにとってはこれからの芸能活動において致命傷になりかねない。いのりに対する想いを押し殺しながら、岩本が待つ喫茶店へと向かった。

テレビ局内の1Fにあるガラス張りのオープンカフェで、岩本がダルそうに僕を待っているのが見えた。扉を開き、頬杖を突いている岩本に声をかける。

「ごめんな、遅くなって」

だらけきっていた岩本が、驚いたように振り返った。

「あ、終わりました？」

「あぁ」

簡単に返答し、腰を下ろした。ミニスカートの制服を着た若いウェイトレスが、水を持ってくると同時に注文を急かす。メニューを見る間もないまま、ホットコーヒーを注文する。ウェイトレスは小さくおじぎをし立ち去る。黒のミニスカートと真っ白なワイシャツが、清潔そうな雰囲気を醸し出していた。

岩本がいやらしい目付きをし、僕に問いかけた。

「勇斗さん、ああいうの好みっすか？」

「え？」

「いや、じーっと見てたから！」

僕は軽く笑顔を作り、右手を左右に振った。岩本はニヤニヤと笑みを浮かべる。

「俺は好みだなぁ」

そう言い、必要以上に水を飲む。おおかた水を注ぎに来るウェイトレスを待っているのだろう。男とは、そんな単純な生き物だ。呆れ顔で岩本を眺めていると、岩本が僕に声をかけた。

「どうでした？　いのりさんとの個人リハは？」

一瞬ドキッとする。

「どうって？」

聞き返す僕に、岩本はキョトンとした表情で続けた。

「打ち合わせとかすんだんっすか？　あと一時間くらいで撮り始まりますよ？」

慌てた胸を撫で下ろす。

「あぁ」

再び簡単に返答した。

「そっすか」

岩本は水を飲み干し、右腕を大きく上げウェイトレスを呼んだ。水を注ぐウェイトレスを凝視し、小さくため息を吐く。

「いいっすよね、勇斗さんは……、よりどりみどりでしょ？」

半ばふて腐れた顔で呟いた。

「そんな事ないよ」

岩本に答える。岩本はいやらしい笑みを浮かべたまま僕を問いただす。

「そんな訳ないじゃないですか。ちゃんと情報は耳に入ってますって」

「情報？」

何の事だか分からず、岩本に聞き返す。

「あはは、彼女の事っすよ！」

「彼女？」

「もぉう、隠したって無駄ですって！　ほら、何て言ったかな……、えぇーと……あっ！」

ニマニマと笑いながら、岩本が顔を近付ける。

「……滝沼未来ちゃんって言いましたっけ？」

――――！！！

小声で言われた名前に、心臓が激しく脈を打つ。

「……お前、今……、何て言った？」

「え？　何てって……、いや、事務所に手紙が来てたから知っただけっすよ？　別に調べたわけじゃ……」

「そんな事はどうだっていいよ！　今、何て言った？」

岩本の返答を待つ短時間が、僕に恐怖を与え続ける。

「だから……、滝沼未来ちゃん、勇斗さんと同棲しているんっしょ？」

平然と出された名前は、僕を暗闇の迷路に引きずり込む。

「手紙って、何だ？」

重い口を開き、岩本に聞く。岩本はあっけらかんとした口調で、事の次第を淡々と話し始めた。

「いつくらいだったかな……、いや、つい最近だったのは確かっすけどね？　事務所宛に手紙が届いたんっすよ！　俺は一応勇斗さん担当っすから社長に呼ばれて……、んで、社長が頭抱えたまま手紙見せるんで何かと思って読んでみたら、『勇斗と私は肉体関係を持つ付き合いをしていて、結婚を前提に同棲をしています』って内容の手紙だったもんっすから俺もビックリして……、かなり過激な内容の手紙だったんすけど、言葉がスゲェ丁寧だから、何か不思議と気品みたいなものを感じちゃいました！」

白い歯を見せながら岩本が笑った。キリキリと痛む胃を押さえながら、岩本を問いただす。

「他には？　他には何て書いてあった？　その手紙に、他には何て書いてあったんだ！」

「駄目っすよ！　何処で誰が聞いてるかも分からないんすから！　勇斗さんは今注目の若手俳優なんすからね、もっと自覚してくれなくちゃ！」

　大声を出した僕に、チッチッチと人差し指を左右に振り岩本は話を続けた。

「別にたいした内容じゃなかったと思うけど……、俺が言ったって彼女に言わないでくださいよ？」

「あぁ！　言わないから詳しく話してくれ！」

　胃の痛みが増してゆく。

「女なら誰でも思う事っすよ！　ラブストーリーの仕事は好ましく思えませんとか、勇斗に対して特別な感情を抱いた女が近付かないように管理して欲しいとか、休みが少なすぎて私は寂しい思いをしているとかね！　あっ、でも……」

「何だ！」

　言葉を途切れさせた岩本に、即座に聞き返す。

「いや、言っちゃっていいのかな？」

　難しそうな顔をし、岩本が僕を見る。僕は岩本の腕をキック掴んだ。岩本が大きくため息を吐く。

「知りませんよ？　あとで彼女と喧嘩しても、俺のせいにしないでくださいね！」

「いいから早く言えって！」

　掴んだ手に力を入れると、もったいぶっていた岩本が話し出した。

「今回の仕事で、もしも勇斗さんにラブシーンが入ったら、どんな事をしてでも事務所が阻止しろって！　もしもできないのであれば、私が阻止しますって！」

「私が阻止……？　どうやって！」

「そんな事は知らないっすよ！　そんなのはこっちが聞きたいくらいですって！」

「書いてなかったのか？　手紙に……」

「その事については何も書いてなかったっすね、手紙はそこで終わってました。とにかく、勇斗さんに他の女を近付けるな！　って、内容でしたよ！　社長はかなり深刻に考えていたみたいっすけど、今勇斗さんに事務所変えられでもしたらうちの事務所は潰れちまいますからねぇ。まっ、素人に何かができるとも考えられないし、勇斗さんを困らすような行動はしないだろうから、事務所としてもなかった事にしたみたいっすけどね」

　話し終えると、岩本は再び水を飲み干した。僕は、暗闇の中から二度と出られない気がしていた。

「……本当に、できないと思うか？　素人の女に阻止する事が……」

「勇斗さんも心配性っすねぇ、できるわけないじゃないっすか！　たとえ事務所が阻止しようとしたって、ドラマの内容を変える事なんて無理っすからね！　まぁ、デカイ事務所ならそれも可能だけど……、うちみたいな小さな事務所ではとうてい無理っすね！」

自信あり気に言い切る岩本の言葉を、僕は信じるしかなかった。

「あっ、ヤベ……、もうスタジオ入りしないとマズイっすね！　行きましょうか！」

腕時計を見ながら岩本が言った。慌てて伝票をレジに持ってゆく岩本の後ろ姿を眺めながら、僕は不吉な予感をどう落ち着かせれば良いのか、ただ戸惑っていた。

Ⅷ殺意……、今ここに。

急ぎ足でスタジオへと向かう。朝から降り続いている雨が、激しさを増し、比例するように胸騒ぎも強まってゆく。今日の撮影が行われるA３スタジオに到着する。スタジオの扉を開けようとしている岩本に再度確認した。過剰な胸騒ぎが僕をそうさせた。

「なぁ、本当にできるわけないのか？　素人の女に……」

「できませんって！　もういいかげんにしてください！」

岩本は僕の言葉を打ち消し、勢い良く扉を開けた。

「おはようございまーす！　宜しくお願いしまっす！」

岩本が馬鹿でかい声を出す。周りのスタッフがいっせいに僕と岩本に視線を送ってくる。撮影の準備をしているスタッフが、僕に向かい挨拶をする。不安を抑えられぬまま、スタジオ内の挨拶に参加する。

「おはよう、及川君！　いよいよ始まるね！　心の準備はできてるかい？」

早瀬プロデューサーが、僕の肩を叩いた。

「はい、宜しくお願いします」

俯き加減で答える僕に、にこやかに、やや大きめの声をかける。

「大丈夫！　リラックスしていこう！」

早瀬プロデューサーが再び僕の肩をパシパシ叩く。頷いた顔を上げると、スタジオの隅で台本を読むいのりが目に入った。複雑な心境で、いのりとの約束を思い出す。いのりのもとへと足を運ぶ。

僕の気配に気が付き、台本を読んでいたいのりが顔を上げた。

「あ、ビックリした……宜しくね！」

笑顔を向けるいのりを見て、少しホッとする。大きないのりの瞳が腫れているのに気付く。

「……お互い、頑張ろうな」

気の利いた言葉一つかけられない自分が腹立たしい。そんな僕に、いのりは頷きながら無邪気な笑顔を向ける。

「リハーサル三分前です！　勇斗さんといのりさん、スタンバイ宜しくお願いします！」

いのりと僕を呼ぶ声がする。いのりは読んでいた台本を静かに閉じた。

「さっ、行きますか！」

僕の顔を覗き込み、いのりが言う。僕は腫れぼったいいのりの目がテレビ画面に映らないかと心配になったが、あえて何も言わなかった。いや、言えなかった。これ以上いのりに声をかけたら、たまらず好きだと言ってしまいそうだったから……。

元気良くスタンバイするいのりのあとに続く。

立ち位置の説明が終わり、リハーサルが始まろうとしていた。

スタッフの秒読みに耳を傾けながら、裕也になりきろうと集中していた。目の前に立っている〝瑠璃子〟であるいのりに、心から愛の言葉を言うのは、今の僕には簡単だと思えた。

〝瑠璃子〟に恋焦がれる〝裕也〟を演じる本当の僕自身が、目の前の女性を愛しているのだから……。

「リハ10秒前、8、7、6、5、4、3、2、1……！」

「もう……、駄目なんだよね？……、私、あなたとの未来さえも想像できない。こんなんじゃ……、もう駄目だよね？」

「…………………………………………………………」

「裕也？」

「…………………………………………………………」

「……いつもそう。いつも、肝心なところで何も言えないのね」

「駄目なんだろ？　何を言っても、もう、駄目なんだろ？」

「……そうね」

「なら、いいじゃん」

「あなたって、まるで子供みたいな人……」

「…………………………………………………………」

「さよなら」

瑠璃子が振り向きざまにキスをする。

「きゃぁぁあああああああ！　危ない！」

スタッフの悲鳴が聞こえた瞬間、グシャッという鈍い音が響いた。

目の前に立っていたいのりを、頭上から、落ちるはずのない照明が直撃した。鈍い音を残し、割れた頭から激しく血しぶきが噴出する。何十キロもある照明が、そのままいのりの頭を潰《つぶ》した。

「ぎゃぁぁあああああああ！！！！」

「誰か、救急車呼べぇ！！！」

「どうなってる！！！　おい！　どうなっているんだ！」

スタジオが一瞬にして地獄へ変化する。頭を真っ二つに割られ、原形を留めていないいのりの姿を、僕は言葉さえ失ったまま見ていた。

真っ赤な血を噴出しながら、いのりが僕の足元に倒れている。

美しかったいのりの顔が、グチャグチャに崩壊し、照明の熱に焼かれてゆく。こげ臭さがスタジオ内に広がる。清らかに輝いていた大きな瞳は飛び出し、小さく薄い唇からは何本もの歯と共に、歯ぐきまでもが飛び出している。照明の熱で爛《ただ》れた皮膚は剥げ落ち、肌を焼くジュー……という音が聞こえる。無数の血管が潰れた顔中に浮かび上がっている。そのあまりにも残酷な光景に思わず息を呑む。

「いのりぃぃぃぃぃぃぃ〜〜〜〜〜！！！！」

変わり果てたいのりに向かい、いのりの名を叫ぶ。こんなのは嘘だ。いのりが死ぬなんて嘘だ。

「いのり！　起きろ！　いのりぃぃぃ〜〜〜！！！」

いのりの名を呼び続ける。呼び続ければ、いのりに僕の声が届くような気がしていた。

「いのり！　いのりってば！　良い作品作るんだろう！　ずっと友達だって、さっき約束したじゃないか！　約束したろ！　それに、このドラマだって……絶対良い作品にしようねって……」

「……及川君、下がって……」

いのりに近寄った僕を、早瀬プロデューサーが制した。

「……もう、死んでる」

早瀬プロデューサーは、いのりの残骸を見つめながら言った。小さく、悲しみに満ちた声だった。

「早瀬さん……」

『いのりはまだ、生きてます。呼びかければ、起きるはずだ！』

そう言おうと口を開け、早瀬プロデューサーに視線を送ったが、早瀬プロデューサーは僕の目を見つめ、何も言わずに首を横に振った。僕はいのりに視線を移し、何度もいのりの名を呼び続けたが、いのりは変わり果てた姿のまま、動く事はなかった。もう二度とあの無邪気な笑顔を見る事はできない。もう二度といのりの明るい笑い声を聞く事はできない。いのりは……死んだ。

僕の足は立っている事も不可能になり、目の前で繰り広げられている現実に腰を抜かした。呼吸を行う事さえ困難で、上手く息を吸い込めず、体が激しい痙攣を起こす。いのりの血しぶきを浴びて真っ赤に染まった体は、ピクリとも動かなくなったいのりの側で、ただただ激しさを増す痙攣に支配されていた。

スタジオ内が地獄の底へと変化し、どれくらい時間が過ぎたのだろう……。視界が色褪せてゆくのを感じたと共に、僕の意識は失われていった。

失われてゆく意識の狭間で、今朝のいのりの無邪気な笑顔が浮かんでいた。

「……い、……丈夫か？……い、おい！」

気が付いた時は病院のベッドだった。心配そうな顔をした社長と岩本の姿が目に入る。

「……あの、僕……」

「大変だったな。俺も岩本から連絡を受けて、急いで飛んできたところだ」

「……じゃあ、夢なんかじゃなかったんですね？」

「あぁ、才能ある女優だったのに残念だ……。今、テレビは小原いのりの事故死で大騒ぎになっている」

「……事故死？」

僕は無意識に聞き返していた。

「あぁ、何人もの人間の前で起きた事故だ。間違いない」

社長が断言すると、隣にいた岩本も口を開いた。

「俺も見てたよ。突然照明が落ちて来たんだ。あれはどう見ても事故だろう……。危なかったよ……。もう少し照明の落下地点がずれていたら、小原いのりだけではなく勇斗さんも生きてはいられなかった……。怪我一つなくすんだのは奇跡だよ……」

僕は呆然としたまま話を聞いていた。奇跡……事故……？　目を瞑ると、あのすさまじい光景がリプレイされる。

「本当に事故なのか？」

僕は岩本に再度確認した。岩本はただ深く頷いた。

「そうか……」

そう呟き、病室の天井を眺めていた。同じ蛍光灯が並ぶ天井のタイルをひたすら眺めながら、気持ちを落ち着かせようと必死だった。

しばらくすると、白衣に身を包んだ三十代後半の医師が僕のもとへやって来た。黒ぶち眼鏡が印象的な、少し無愛想な男だった。

「気が付きましたか……？　何処か体に異状は？」

淡々とした口調で医師が聞く。

「いえ、特に何処も……」

「そう、検査の結果にも異状はないし、何処にも怪我はないようですね、なら……、もう来てもらっても大丈夫かな？」

「え？」

「いえ、さっきお台場警察署の方がいらしてね、君に話を聞きたいと言っているんだが……」

「……警察？」

社長と岩本が眉間に皺を寄せ、顔を見合わせたのが見えた。医師は二度頷いた。

「じゃぁ、今ここに通すから」

そう言い、病室から出て行った。僕はパニックになっている頭を、少しでも整理しなくてはと慌てていた。そんな僕の気持ちを察したのか、社長が小声で僕に問う。

「事故死でも事情聴取は行うらしいな。お前大丈夫か？　もし駄目そうなら、日を改めてもらうように頼んでやるぞ？」

「……大丈夫です……」

消え入りそうな声で答える僕を、社長も岩本も心配そうに見つめる。僕は消そうとしても消えない、いのりの崩れた姿を思い出すたび、体が硬直していくのを感じていた。

十分くらい経った頃だろうか……。病室のドアをノックする音が聞こえると、返事をする間もなくガチャリと音を立てドアが開いた。

「失礼するよ」

野太い声でそう言うと、中年の男が病室に足を踏み入れて来た。色褪せが目立つ古ぼけたコートに身を包んだ、強面な顔立ちの男だった。

「初めまして、私はお台場警察署刑事課の田中《たなか》と言います。……及川勇斗さんだね？」

「…………はい」

パニックになっている頭を整理できぬまま、そう答えるのが精一杯だった。田中と名乗る刑事は、僕から視線を一瞬たりとも離さず会話を始めた。

「単刀直入に聞くよ。及川さん、あなた……現場で何か不審な事に気が付いたり、見たりしなかったかね？」

「事故じゃないんですか？」

僕の側にいた社長が口を挟んだ。田中刑事は鋭い視線を社長に向けた。

「今回の事件は、不可解な点が多すぎるんですわ」

田中刑事はそう言いながら、ベッドの横に置いてあったパイプ椅子を組み立て始める。

「ちょっと失礼して座ってもいいかな？　この歳になると腰が弱ってしまってね」

「……はい」

僕の返事を待ったあと、田中刑事はパイプ椅子に腰を下ろした。少しの沈黙のあと、田中刑事が会話を再開した。

「現場にいた全員が、皆事故だと証言してるんですよ」

話の途中で、岩本が口を挟む。

「俺も見てました……。あれは確かに事故だと思います。リハーサルの最中に、誰もいない天井から照明が落ちて来たんっすよ？」

「えぇ、現場にいた人間全員が同じ証言をしていますよ。いや、しかしねぇ……おかしいんですわ」

そう言うと、田中刑事は大きく息を吸い込み呼吸を止めた。二、三秒経つとプハァーと声に出し息を吐き出した。

「実はね、小原いのりさんに落ちてきた照明のコードには……、人間の歯形がくっきりと付いていたんですわ」

息を呑んだ。何も返答できない僕をチラッと見て、田中刑事は話を続けた。

「現場にいた全員が、皆事故だと断言する……。しかし、根拠は？　と聞いても誰もハッキリとした答えが言えない。ならば何者かが照明のコードを喰いちぎったのではないか？　そう考えるが、それはそれでおかし過ぎるんですわ」

「おかしい？」

聞き返した僕に、田中刑事は二度頷き会話を続けた。

「おかしいですよ、だって考えてみてください。何十キロもの照明を支えているぶっといコードが、人間の歯で噛み切れると思いますか？……おそらく無理でしょう。どんなに力のある、丈夫な歯の持ち主であってもね」

「なら……、やっぱり事故なんでは？」

不可解過ぎる話をする田中刑事に、社長が堪らず口を開く。田中刑事は声を出し唸ったまま、しばらく僕の目をじっと見つめた。ガタイの良い強面の刑事に見つめられると、身に覚えがなくとも自分が罪を犯した気分になってしまう。僕は堪らず目を逸らした。病室に重い沈黙が流れる。側で社長と岩本が困惑した顔をしている。僕は田中刑事の視線を痛感しながら、話が再開されるのを待っていた。しばらく重苦しい沈黙が続いたあと、田中刑事が話を再開した。

「私も変な話だと承知した上でお聞きしますけどね。及川さん、あなた……現場で何か見たり、あるいは不審な音を聞いたりしませんでしたか？」

「不審な音？」

「ええ、例えばコードを噛みちぎろうとする音だとか……」

田中刑事はこめかみを人差し指で押しながら、僕に尋ねる。僕は、思い出したくもないあの凄まじい光景を、再度思い返す。体に激しい緊張が押し寄せる。地獄の底のような光景は、僕の意思とは反対に鮮明に思い出される。巨大な照明がいのりに突き刺さる光景が、あの目を覆いたくなるような残酷な映像が、脳細胞にこびり付き、まるで今その現場にいるかの如く記憶が再現される。全身が激しく震え出す。田中刑事が僕の体を擦った。

「何か思い出したかね？」

狂い出しそうな頭を抱えながら、こびり付いた映像を繰り返し思い出す。頭の中で、いのりが何度も破壊されていく。

「……思い出した訳では……ないですが」

呼吸を狂わせ答える僕に、田中刑事は何も言わず、震え続ける体を擦り続けた。僕は田中刑事に問いかけた。弱々しい口調だった。

「あの……、殺人の可能性もあるんですか？」

田中刑事の手がピタリと止まった。

「心当たりでもあるのか？　何か気になる事があるのなら、何でも良いから話してくれ！」

「心当たりは……、あります。ただ、話しても信じてもらえないと思います……。僕が今から話す事を、真剣に聞いてくださいますか？」

田中刑事を見る。田中刑事は今にも泣き出しそうな僕の目を見つめたまま、黙って頷いた。

心当たり……。心当たりは初めからあった。田中刑事が不可解な点が多すぎると言った時から、僕はいのりの死が事故なんかではない事を確信していた。おかしく過ぎる事が起きたと言われた時から、いのりを殺害したのが誰なのか知っていた。落ちるはずのない照明がいのりの頭上へ落下した事、照明のコードに付いた歯形……、人間には不可能と思われる事を可能にするのは……未来しかいない。あの化け物しかいない。僕に好意を寄せ、ラブシーンの相手であったいのりを殺す確かな理由がある女……。何が起きても僕から離れないと断言する女……。自分の思うように事が進まなければ暴れ狂う女……。もはや人間ではないであろう女……滝沼未来。あの、恐ろしい人間の面を被った化け物にしか、いのりを殺せるはずがない。大勢の前で、いのりの死を事故であると思い込ませる事ができるのは、滝沼未来と名乗るあの女でしか……。

　震えが増す。恐怖……。それに勝る怒り……。田中刑事が座っているパイプ椅子が、徐々に僕へと接近する。僕は荒い呼吸のまま、田中刑事に断言した。

「いのりを、小原いのりを殺害した人物は、滝沼未来です」

「おい！　何を言っているんだ！」

　側にいた社長が慌てて口を挟む。しかし、僕は話し続けた。今まで起きた不可解で奇妙な出来事を、ためらいもなく話し続けた。頭のおかしな奴だと思われても構わない。僕が話している出来事は、全て偽りのない事実だ。病室内に、僕の怒りに満ちた声が響いた。

　田中刑事は黙って僕の話を聞き終えた。話し終えた僕は、田中刑事の返答を待った。頼みの綱は、もう田中刑事しかなかった。長い沈黙が流れていた。緊張に満ちた沈黙を、田中刑事の野太い声が破った。

「……及川さん、私はあなたの話を信じない訳じゃない。ただ……、警察というのは、真実味のない話を真に受けてくれるほど親切ではないんですよ……。確かな証拠やそれに相当するものがなければ、まず警察組織が動く事はない。残念ですが、それが今の日本の警察なんですわ」

「僕の話は相手にされないというわけですか？　たしかに真実味に欠ける話です！　だけど、僕は嘘なんて吐いてない！　夢を見ていた訳でもない！　これは……、この事件の犯人は、紛れもなく滝沼未来だ！　信じてください！　僕はもう、田中刑事……あなたに頼るしか道は残されていないんです！　僕一人では、あの化け物に立ち向かえない！」

悲痛な叫びが響く。田中刑事は頭をボリボリと掻きながら、困惑の表情を浮かべる。

「……一応、その滝沼未来という人を調べてはみますが……。ただ期待はしないでください。さっきも言いましたが、日本の警察組織はそんなに甘くはない。正直に言えば親切とも言いがたい。私ができるのは、あなたの話を上に報告する事と、滝沼未来という人物を個人で調べてみる事だけです。本当は単独捜査なんてやったら、私の立場も危ないんですが……」

「お願いします！　滝沼未来を調べてください！　僕の話を信じてください！　これは作り話でもなければおとぎ話でもない！　全て事実です！」

僕は田中刑事のゴツイ手を握りしめた。田中刑事が戸惑っているのが分かる。

「……また、来ます」

僕の手を静かに退け、パイプ椅子から立ち上がる。色褪せたコートをなびかせて、田中刑事は病室を去って行った。

社長と岩本は何も言わなかった。心配そうに僕を眺める社長の横で、涙ぐむ僕を鼻で笑う岩本がいた。

二〇〇五年一月四日
朝からテレビは、いのりの死でざわめいていた。

〝人気女優・小原いのり、突然の事故死！〟

大きな赤い文字で書かれた新聞の見出しが、いのりの死を肯定していた。テレビ番組では全てのチャンネルで特番が組まれ、デビュー当時からのいのりが無邪気な笑顔を見せていた。ブラウン管の中で笑う天使のようないのりの笑顔は、僕を困惑させた。

「死んだなんて、信じられねぇよ……」

一粒、また一粒と、涙が頬を濡らしてゆく。耳の奥で、明るいいのりの笑い声が木霊する。

張り裂けそうな胸を押さえる。次々に流れる涙を止める事ができなかった。

――こんな事になるならば、僕を求めていたいのりを抱きしめていれば良かった。

後悔の念が渦を巻く。

「しっかりしろ！　お前がめげていても何にもならん！」

社長が僕を怒鳴り付けた。

検査の結果、体に何の異状もなかった僕は、即日退院させられた。余りに興奮していた僕を心配し、社長は自宅に帰る事を禁止した。僕もまた、未来が待つ自宅へは帰れなかったため、社長の自宅に泊めてもらった。

社長は熱いコーヒーの入ったマグカップを僕に手渡し、そっと口を開いた。

「……お前、とんでもない女に引っかかっちまったようだな」

社長が言った。僕は泣きじゃくったまま、ただ頷いた。

「話してみろ！」

「…………え？」

「話してみろ！　もう一度最初から詳しく、俺に話してみろ！」

涙が止められない僕にそう言うと、リモコンを手に取りテレビを消した。

「……話しても、信じてもらえないと思います」

弱々しく答える僕に、社長はキツイ口調で言葉を投げかける。

「いいから話してみろって言ってんだよ！　信じる信じないはお前が決める事じゃない！　話を聞いた俺が決める事だ！」

社長が音を立ててコーヒーをすすった。僕はテーブルの隅に置いてあるティッシュを、数枚取って鼻をかんだ。

「滝沼未来は、売れない頃から僕を応援していたファンでした……。毎週、週の初めに、僕宛のファンレターが届いていたのを覚えてますか？」

「……あ、あぁ……、あの熱心なファンか！」

売れない無名の芸能人であった僕に、毎週必ずファンレターが届いていたのは社長の記憶の中でも印象が強かったらしく、すぐに未来の事を思い出した。僕は田中刑事に話したように、未来と出逢うまでの奇怪な出来事を話し始めた。おとぎ話のような実話を、社長は黙って聞いていた。未来が化け物へ変化し出すまでのところで、社長が会話を止めた。

「おい、その変な石ってのは、今も持ってるのか？」

僕はゆっくり頷き、お守りの中からムーンストーンを取り出した。ムーンストーンは邪悪な光を放ち、真っ黒な渦を巻いている。この間より、渦が増えている気がした。社長はムーンストーンを僕の手から奪い、目を細めてまじまじと眺めた。ため息を吐き、社長はムーンストーンをテーブルに置いた。

「分かんねぇなぁ……」

ボソッと呟く。社長はもう一度ムーンストーンを手にした。黒く光るムーンストーンが、四苦八苦している社長を嘲笑っているように見えた。

「これを贈って来たのは、その滝沼未来だってのは確かなんだな？」

「はい、自分で言っていましたから」

「………そいつはまだ家にいんのか？」

「……多分」

「それにしてもおかしくねぇか？」

「え？」

　社長が意味深な疑問を投げかける。

「もしも……、もしもお前が話しているとおりの事が現実に起きているのなら、何で滝沼未来は小原いのりを殺害したあと、家に帰らないお前を放っておくんだ？」

「………え？」

「だって、その滝沼未来とやらは、お前を縛り付けておくのが目的なんだろう？　だったら、自分のもとから離れようとしているお前に、何かしてきても不思議じゃないだろう？　邪魔だと感じた小原いのりを殺害までした女が、自分の思いどおりに動かなくなったお前の帰りを、自宅で大人しく待っているというのか？　平気で人を殺すような精神状態の女が……」

　放心状態のまま、浅く頷いた。

　確かに、社長の言っている事は適切だ。未来は僕を自分のもとに縛り付けて置くのが目的のはずで、いのりを殺したのは未来にとっていのりの存在が邪魔だったからに過ぎない。だとしたら、未来はいのりを殺したからといって、未来のもとから逃げ出そうとしている僕を放っておくわけがない。自分の思うがままに物事を動かすためならば手段さえ選ばない女が、黙って僕の帰りを待っているなんてあり得ないだろう。

——だったら、未来は何を企んでいるというんだ？

「おい……」

社長が思いも寄らぬ発言をした。

「これから行ってみよう、その、悪魔が潜むお前の家に……」

「っ！！！　そんなっ！　あいつは化け物です！　いのりを殺した女だ！　何をするか分からない！　そんな奴のもとへのこのこ出向いたら……」

「だからっ！！！　だから行くんだよっ！　このままだったらその女が何をしてくるか分からないだろう！　かといって、お前一人をそんな危険な奴のもとへ帰す訳にもいかなければ、このまま放って置く訳にもいかない！　俺はお前が所属する芸能プロダクションの社長だ！　その滝沼未来だって、お前の事を愛しているからこそお前を側に置いておきたいんだろう？　滝沼未来とやらは、少なくともお前の事を大切に思っているはずだ。そうだろ？」

「……はい」

「なら俺は、今からお前と一緒に滝沼未来の所へ行くよ。お前を大切に思っているならば、お前の……うーん、上手く言えんが、んんー、ホラ、アレだ、上司？　まぁ社長の俺に対して、失礼な態度は慎むだろう。その滝沼未来の弱点は、お前に嫌われてしまう事なんだからさ！」

「未来の弱点が僕に嫌われる事？」

「そらそうだろうよ！　怪物でも悪魔でも何であっても、滝沼未来は女としてお前を愛しているんだ。たとえ滝沼未来が化け物であっても、所詮恋する乙女だって訳だ」

「違う！　あいつは普通の人間じゃない！」

「ホラホラそこだよ、そこなんだよ！　お前は今、滝沼未来を化け物扱いし過ぎなんだよ！　お前に起きた出来事を考えれば、確かに化け物にしか思えないだろうけど、今は化け物よりもただの女として滝沼未来に接触したほうがいい。そのほうが、滝沼未来の正体だって暴きやすいし、暴けなかったとしても何らかのヒントは手に入れられるだろう。ホラ、行くぞ！」

　社長が僕の手をグイグイと引っ張る。僕は社長の言う〝未来の弱点は僕に嫌われる事〟という言葉の意味を混乱した頭で考えていた。

　社長の家を出る。裏の空き地っぽい駐車場で、社長の車に乗り込む。古く小さなワゴン車はピカピカに磨かれていて、社長の〝物を大切にする精神〟が滲み出ている。こんな社長は口は悪いが人や物を大切にする人で、僕は社長に心から感謝していた。

嘘っぽい話を真剣に聞いてくれ、弱っている僕の代わりに解決方法を見出そうとしてくれている。何をするか分からない未来のもとへ、自ら体を張って立ち向かおうとしてくれている。

目頭が熱くなる。僕は上京した当時、数ある芸能プロダクションの中から社長が経営する事務所に入れて本当に良かったと感じていた。

走行中の車内で、突然携帯電話が着信メロディーを奏でる。

「あっ、俺だわ、チョット失礼」

運転していたワゴン車を道端に停め、社長は携帯の通話ボタンを押した。

「もしもし……、あっ、はい、お世話になっています……え？　はい、はい、……本当ですか？　あぁ、いや、私も勇斗を連れて、今から女の所へ行こうと思っていたところなんですよ、……あぁ、そうですか……じゃぁそちらに向かいます、いえ、はい、はい、分かりました、はい、……失礼します」

社長が携帯電話を胸ポケットにしまいながら言った。

「予定変更だ。今からお台場警察署に行くぞ！」

一言だけそう言い、社長はフルスピードで車を走らせた。車内は一気に緊迫した。

僕は、今社長の携帯にかけて来たのが誰だかすぐ分かった。何も言わない社長を見て、僕もあえて何も言わなかった。

空は雨雲に覆われ、まだ昼前なのに景色は薄暗く、不吉な予感が体中を駆け巡っていた。

環状七号線をワゴン車が走り抜けて行った。

Ⅸ真実

社長の運転する車が、お台場警察署に到着した。わりと大きな建物で、玄関前にパトカーが数台停まっている。警官の制服に身を包んだ男が二、三人こちらを見ていた。

「着いたぞ、お前も降りろ！」

社長が急かす。巨大な不安が押し寄せていた。ここに来た理由は、だいたい予測できる。僕は急いで車から降り、社長と共に署内へと足を踏み入れた。

入ってすぐに、交通課のカウンターが見える。三十代半ばの婦人警官が座っている。婦人警官のもとへ行き、捜査一課の田中刑事を呼んで欲しいと頼んだ。婦人警官は下を向いたまま、「約束はなさってますか？」と無愛想に聞いた。社長が田中刑事から連絡を受けて来た事を説明すると、僕達は端に置いてある、古ぼけたプラスティック製の椅子に座っているよう指示された。五分ほどして、田中刑事が現れた。

「どうも、わざわざすみません。ここじゃなんですから、３Ｆの会議室に行きましょう」

田中刑事の野太い声は、出口のない暗闇の迷路から僕を救ってくれるのではないか？不思議とそんな気持ちにさせてくれる。

田中刑事のあとに続き、エレベーターに乗った。エレベーターが静かに3Fへと上昇中、誰一人口を開かなかった。張り詰める緊張感があった。

エレベーターを降りると、会議室に案内された。会議室には小さなテーブルとパイプ椅子が四つ置かれていて、小窓からは外の光がうっすらと射し込んでいた。

田中刑事は紙コップに緑茶を注ぎ、僕と社長に出した。湯気の立った紙コップに口を付ける。時代遅れの木製テーブルにはスチール製の灰皿が置いてあり、田中刑事はポケットから煙草を取り出すと百円ライターで火を点けた。狭い室内に白い煙が漂う。

「世の中には奇妙な出来事があるものですね」

田中刑事が苦笑いを浮かべて言った。社長は黙って頷いた。

「及川さん、私もできる範囲で滝沼未来という人を調べてみたんですけどね、調べれば調べるだけ謎が深まるんですわ」

「どういう事ですか？」

田中刑事の話に聞き入る。

「あなたは確か、彼女と同棲していると言った。……だが、そんな事はあり得ないはずなんです」

田中刑事はフィルターぎりぎりまで吸った煙草を灰皿に押し付けた。

「私が調べたところではね、滝沼未来という女性は確かに存在しました。何しろ個人情報ですし、同姓同名の別人という可能性もありますから、慎重に調査しましたが……。結論を言いますと、まず間違いはないと思われます。ところが、その滝沼未来という女性は、去年の十二月四日に自殺未遂を起こしてましてね、午後四時十九分に昏睡状態に陥ってるんですわ」

「まさか！！！」

僕は声を張り上げた。

「まさかと言われましても……、及川さん、あなたは滝沼未来の生まれ故郷や生い立ちなどはご存知ですか？」

「いいえ、………滝沼未来という名しか知りません」

言葉に出してみると、未来という名の女が謎だらけである事を改めて実感する。

「……そうですか」

そう言うと、田中刑事は調べ上げた範囲で未来の情報を教えてくれた。淡々と語られる情報は、化け物と化した滝沼未来とはほど遠かった。

滝沼未来。二十三歳。横浜市鶴見区出身。

七歳の時に両親が離婚。以後母親と二人暮らしを続ける。中学へ入学してからいじめに遭い、登校拒否を起こす。全日制の高校への進学ができず、通信制の高校へ通うも中退、自殺未遂を繰り返し、五回目の自殺未遂で多量の睡眠薬をアルコールと共に飲み、昨年の十二月四日、午後四時十九分、昏睡状態に陥った。

田中刑事は深いため息を吐いたあと、紙コップのお茶をすすった。

「彼女は、十二歳の時に実の父親から性的虐待を受けていましてね……。それが原因で鬱病になってるんですわ」

「鬱病？」

「ええ、心療内科の治療が必要だったようです。彼女が通院していた心療内科にも足を運んでみたんですがね、医師の話によれば、何度も手首を切っては病院に運ばれたそうです。リストカット……と言いましたかな？」

「リストカット？」

「ええ。自分自身を傷付ける事により、精神的安定状態を保とうとする心の病に起因する行動らしいですが……」

田中刑事は、ポケットから再び煙草を取り出し火を点けた。

「過去の辛い記憶や心の傷を引きずったまま生きてゆくのは、人間誰しも苦しいものだ。残虐な行為を受けた心の傷は、そう簡単に治るわけでもない。ましてや友達や知人に気軽に相談できるようなものでもない。ずっと一人で心の傷と闘っていても、人間には限界がある。性的暴力や虐待を受け、心に深い傷を負いながらも必死で生きている人は、悲しい現実ですがこの世にはたくさんいるのですよ。精神の安定を求め、リストカットを繰り返す人も多いようです」

「…………………」

「彼女の病状は酷くなるばかりだったそうです。手首を切っては病院に運ばれ、治療を受けてはまた手首を切る……。手首を切り痛みを感じる事で、生きている実感を得ようとしていたのでしょうな……。三年間、その繰り返しだったようです。心を開かない子で、カウンセリングもあまり効果が得られなかったと言っていました。父親の性的虐待が彼女にとって相当なトラウマになってしまっていたようで、ひどい男性不信だったそうです。そう考えると、あなたの話が本当ならば、彼女の初恋は及川さん、あなただったのかもしれませんな」

「………僕に……初恋……」

飲み干した紙コップを潰し、田中刑事は黙り込んだ。複雑な感情にかられる。胸の中に切なさに似た気持ちが押し寄せる。困惑した感情が、理解を妨げる。

「あの……、じゃぁ、未来は……、滝沼未来は、今何処にいるのですか?」

「滝沼未来という女性は、横浜にある白浜総合病院で昏睡状態のまま入院してますよ」

「……そんな……馬鹿な……」

消え入りそうな声で呟いた。

――未来が昏睡状態のまま?　そんな馬鹿な話があるか!　僕は去年のその日のそ

の時間に、未来と出逢っているんだ。幻なんかではなかった。僕はあの時、未来を抱きしめ温かい生身の人間である事を確認している。その未来が……昏睡状態のまま入院している……？

呆然としたまま、田中刑事の話を聞いていた。

「私も何が何だか分からないんですわ。……及川さん、あなたの話が嘘でないのなら、あなたの言う滝沼未来は今も家にいるのですか？」

疑いの目で僕を見る。

「います……。滝沼未来は、今も僕の家にいるはずです！　もしも信じられないのなら、今から僕の家に来てください！　そうすれば、僕の話が嘘でない事を証明できるはずだ！」

叫びに近い声だった。田中刑事は腕を組んだまま唸り、重い口を開いた。

「分かりました、行きましょう」

田中刑事はガタンッと音を立てパイプ椅子から立ち上がった。

僕達三人は社長のワゴン車に乗り、未来が潜む僕の自宅へ向かった。空一杯に雨雲が広がり、遠くで季節外れの雷が鳴っている。雷が鳴り終わると、空から大粒の雨が急に降り出した。フロントガラスが、雨粒に打たれてゆく。

「最近嫌な天気が続くねぇ」

田中刑事が呟いた。降り注ぐ雨が一段と強さを増してゆく。車内に重苦しい空気が充満する。未来の荒れ狂った姿を思い返すと、言葉にならない恐怖が走る。静まり返った車内で、突然社長が口を開いた。

「田中刑事、あり得る事を証明するよりも、あり得ない事を証明するほうが難しいもんですかね？」

田中刑事が即答する。

「そりゃぁそうでしょう。あり得る事ってのは、どんなに複雑なものでも物的証拠ってもんが大抵出て来ます。しかし、あり得ない事には物的証拠なんて出せる訳がない。私達が今から行おうとしている事だって、第三者から見ればお笑いもんでしょうよ」

「……やはり、信じてはもらえないですか？」

僕の問いかけに、田中刑事は外を眺めたまま答えた。

「……信じていると言ったら嘘になります。ただ、及川さん、私はね、あなたが嘘を吐いているとはどうしても思えんのですわ。長年この仕事をやっていて、こんな奇妙な事件は初めてです。こんな馬鹿な事があるはずはないんです、しかしね……」

「しかし、何ですか？」

田中刑事は苦悩した表情を浮かべ、一点を見つめたまま重い口調で言った。

「調べてみたところ……歯形が一致したんですよ……。小原いのりに落下した照明のコードの歯形が、昏睡状態のまま眠っている滝沼未来のものとね」

息を呑んだ。田中刑事が頭を掻き毟る。

「こんな奇妙な事件は初めてです。こんな奇妙な事件は……」

田中刑事は、〝奇妙〟という言葉を繰り返した。それきり誰も口を開かなかった。

車内に重苦しいムードが満ちていた。

僕はこの不可解な出来事を、微塵たりとも呑み込む事ができずにいた。いや、僕だけではない。この場にいる全員が状況を把握できずにいた。

昏睡状態の滝沼未来が、どうやって僕の前に姿を現せたのか？　昏睡状態のまま病室のベッドで眠っているはずの未来の歯形が、どうしていのりを殺した照明コードに付いていたのか？　何一つ説明できなかった。ただ分かっている事は、あり得るはずのない出来事が、今、現実に起きているという事実だけだった。

ワゴン車が、ドシャ降りの中を走り抜ける。見慣れた風景が視界に入り始める。タバコ屋の前を通り抜けると、古びた自宅のアパートが見えた。一瞬にして鼓動が高まる。掌に汗を握りしめながら、僕は沈黙を破った。

「…………本当に行きますか？」

重苦しい空気を感じる。

「……田中刑事の話通り滝沼未来が昏睡状態であるなら、今僕の自宅にいる女は、いったい誰なんでしょうか？」

「分かんねぇから行くんだろう」

低い声で社長が言った。ワゴン車がアパートへ到着する。サイドブレーキを引きながら社長が僕へ指示を出した。

「勇斗……部屋に入ったら、何事もなかったように女に接しろ。俺はお前のあとに続いて部屋に入るから、何気なく俺を紹介しろ。それから急いで荷物をまとめるんだ、三日分な」

「三日分？」

突然の指示に戸惑い社長に確認する。社長は作動し続けるワイパーを見つめたまま、僕へ指示を出し続ける。

「そうだ。三日分だ。俺は女に挨拶したあと、お前と一緒に仕事で地方に行くと説明するから、お前は適当に俺の話に合わせろ。お前もプロの役者なら、そんぐらい朝飯前だろうが！……田中刑事、申し訳ありませんがあなたは勇斗の出演する、ドラマのスポンサーを演じてください」

「私がですか！」

田中刑事が慌てて聞き返した。

「ええ、演じると言っても、特に何の台詞もいりません。ただ女の様子を観察していてください」

「しかし……」

「田中刑事、あなたと勇斗の話が事実であるなら、滝沼未来という女は危険です。どうしてこんな事が現実に起きているかは分からない。……ただ、今勇斗の家にいる滝沼未来と名乗る女が危険な存在である事だけは明確だ！　危険な女だと分かっているならば、むやみに感情を逆撫でしないほうが安全だとは思いませんか？　私は勇斗を、これ以上危険な目に遭わせるわけにはいかないのですよ！　田中刑事……私はね、コイツを……勇斗を、仕事の商品として傷付けたくないと言ってるんじゃない。私にとってコイツは、大切な息子同然なんですよ」

一点を見たまま眉一つ動かさない社長の意見に、田中刑事は渋々頷いた。

「社長……」

僕を息子同然だと言ってくれた社長の言葉が、胸を打った。熱くなった目頭を押さえる。感謝の思いでいっぱいだった。社長に視線を送ると、社長は黙って頷き、軽く口許を緩ませて見せた。

「勇斗、お前も分かったな！」

「はい」

さっきまで恐怖に戦《おのの》いていた僕の心は、臨戦態勢に入っていた。社長の指示を聞いているうちに、不可解なこの現実と闘わなければならないと感じていた。掌の汗を拭いながら、気持ちを整える。肝を据えた精神は、戦場に駆り出された兵士のようだった。ワゴン車のロックを解除しドアを開け外に出る。

ギシギシと軋む階段をゆっくり上ってゆく。僕に続いて社長と田中刑事が階段に足をかける。階段が不気味に共鳴し始める。二〇一号室と札の貼られた、自宅のドアノブへ手をかけた。ドアノブを握る右手に、全神経が集中する。口から大きく息を吸い込むのと同時に、僕はドアノブを引いた。

グギギギィ……。

いつもと変わらぬ気味の悪い音を鳴らし、ドアが開かれる。

「………ただいま」

声を発し、部屋の中にいるはずの未来を捜す。

「おい、本当にいるのか？」

「いるはずです。必ず！」

僕は力強く答えた。

「こんにちはぁー！　突然お邪魔してすみません！」

社長が大声で部屋の中へ言葉を送る。室内からはもの音一つ聞こえない。いつもいるはずの未来の姿は、何処にもなかった。

ぎこちなさが漂う。社長に視線を送る。社長は困惑したまま、中へ入れと合図する。社長の合図を読み取り、右足を室内へ踏み出す。静まり返った室内に僕の足音だけが響いていた。

――おかしい……。何でいないんだ？　逃れたくても僕の側から離れようとしなかった未来が、何で？

疑問ばかりが浮かんでくる。離れたい、別れたいという僕の要求を嘲笑うかのように拒否し、意地でも出て行かなかった未来の姿が消えている。

「困りましたねぇ……」

ため息を吐きながら田中刑事が言った。僕は言葉を失っていた。

室内は閑散としており、今までいたはずの未来の痕跡すら残っていない。それどころか、部屋の隅にはホコリが溜まり、玄関口のフローリングは塵で白くなり、室内へ入った僕の足跡をクッキリと印《いん》していた。

――馬鹿な！　僕が部屋を開けたのはたったの二日だぞ！　二日前はこんなに汚れてはいなかったはずだ！　何かがおかしい……何かが！　いったい、何がどうなって……！！

変わり果てた部屋の中で、僕は必死に未来を捜した。声を張り上げ未来の名を呼ぶ僕に、田中刑事の冷ややかな視線を感じる。狭い室内を駆け回る僕に、社長が問う。

「勇斗……、俺は前にその女からの手紙を見ているから、お前が女と暮らしていた事は知ってる。その滝沼未来とやらは、小原いのりを殺害したんだろう？　怖くなって逃げたんじゃないのか？」

「まさか！　アイツが逃げるはずがない！　未来は……、滝沼未来は化け物だ！　怖いなんて感情がアイツにあるものか！」

　僕らの会話を聞いていた田中刑事が、うんざりした表情を見せた。

「及川さん、もういいですよ。もう帰りましょう。お話は署でゆっくりお聞きしますから……。あなたは疲れているんです。無理もない。目の前であんな事が起きたのですからね」

「待ってください！　僕の言った事は全部本当です！　いるんです！　いたんです！　滝沼未来はここにいたんです！　きっと今もっ……」

「何処にいるんですか？」

　必死の叫びが落ち着き払った声に破られる。冷ややかな視線を真っ直ぐに送り、田中刑事が僕に問う。緊張が体中を走り抜ける。冷たい視線は、閑散とした部屋であたふたと困惑する僕を焦らせる。

　二人の視線が僕に集まる。言葉よりも強く、説明すらできない僕を責める。緊迫感が漂う。身を引き裂かれる感覚。

「詳しい話《こと》は署内で話すとして、とりあえず署まで戻りましょう」

田中刑事はそう言うと、返答を聞く間もなく背を向けた。

「勇斗、行くぞ！」

社長が僕の右腕を引っ張る。田中刑事が階段を下りてゆく音が聞こえる。僕は言葉を失ったままただ立ち尽くしていた。捩れた空間に硬直した体は、引っ張られる右腕を動かそうともしない。

「勇斗！！！」

呆れ顔で社長が怒鳴る。何かがおかしい……。重苦しい空気を背中に感じる。耐え難い緊迫感が心臓を握りしめる。捩れた空間。張り詰める空気。身に覚えのある室内の気温……。逃げ出したくなるほどの視線。

……視線……視線……視線！

天井へ視線を移す。

「うあぁぁあぁぁあぁぁあああ！！！」

天井にベッタリと張り付いたまま僕に視線を突き刺す未来がいた。体中が氷で埋められたような感覚が僕を襲う。悲鳴にビックリした社長が、凍り付く僕の視線の先に目を遣る。

「ぎゃゃあああぁあああぁぁぁぁあああ！！！」

社長の悲鳴がアパート中に響く。僕達は天井に目を奪われたまま、腰の抜けた体は崩れ落ちた。

天井から未来の憎悪に満ちた視線が襲いかかる。血の気のない真っ白な肌。揺らめく長い髪に隠された口許が僅かに姿を現す。真紫に変色した唇は、未来がこの世にいられるべき人間ではない事を実証していた。変色した唇が笑みを浮かべる。甲高い声が叫ぶ。甘ったるい、耳を塞ぎたくなるような声。

「勇斗……、何処ゆくのぉぉおおおおおおぉ？」

頭《こうべ》を垂れ、見開かれた白目で未来が聞く。

「勇斗、ねぇ、何処にゆくのぉぉぉおおおお？？？」

血の気のない真っ白な腕が、腰の抜けた僕を目がけて伸びる。

「うあぁっ！　うあぁあああああ！！！」

悲鳴を上げる僕の間近で、未来の手がピタリと止まった。天井に張り付いている未来は、上半身をダラリと垂れ下げ、真下にいる僕を片時も離さず凝視し続ける。

死者のような肌。艶を失った長い黒髪。真紫に変色した唇。僕を捕らえて離さない眼は、血管の浮き出た白目が大半を支配し、わずかに残された黒目は憎悪に満ち、僕一点を見つめている。血走った目に捕らえられながら、逃げ出したい一心で硬直した体を無理やり動かす。全身に激しい震えが起こる。立ち上がろうとしても、膝はガクガクするばかりで立ち上がれない。恐怖にたじろぐ僕を、嘲笑うかのような未来の笑顔……。

「勇斗ぉぉぉぉぉおおおおお！！！」

真紫の唇が大きく開き僕の名を叫ぶ。氷のように冷たい両手が僕の顔をガッシリと掴む。チアノーゼに侵され変色した爪がミシミシと肌に喰い込む。あまりの恐怖に声すら出せない。助けを求め社長に目をやる。しかし社長も同様に、天井に張り付き僕を襲う化け物を、声を失ったまま見上げていた。腰を抜かし閉じられることを忘れた口から、ガチガチと歯の鳴る音が聞こえる。

「うきゃきゃきゃきゃきゃっ！！！　勇斗だぁ～勇斗が帰ってきたぁ～！　待ってたよぉ～寂しかったんだよぉ～。勇斗ぉ～……あ・い・し・て・るぅ～」

震え上がる僕を見つめ未来が笑い出す。闇の底から這い上がって来た化け物のような笑い声が、狭い部屋に木霊する。黒く長い髪が僕の顔を包む。未来の顔がはっきりと視界へ入り込む。視界には、この世の者ではない事が一目で分かる形相をし、僕の肌に爪を喰い込ませるのを楽しんでいる未来がいた。僕は浅い呼吸をするのがやっとだった。

――このままここで、この女に殺されるのか……！！！

未来の爪が徐々に力強く僕の肌に刺し込まれる。

「やめろぉぉぉおおおおおおおお！！！」

激痛に耐えきれず叫ぶ。その瞬間、薄暗い部屋の中に明るい光が射し込んだ。

「離しなさい！」

田中刑事の声が響く。僕の顔をガッシリと掴んでいた未来の手が離れる。

ギリッギリッギリッギリ………

天井から耳を塞ぎたくなる音が聞こえ出す。歯を剥き出しにして怒り狂う未来が、もの凄い力で歯軋りをする音……。未来は僕から視線を逸らし、ひたすら田中刑事を睨みつけた。猛り立った口調で田中刑事が言葉を発した。

「お前は誰だ！　ここで何をしている！　今すぐここから出て行け！」

未来は何も言わずに田中刑事を睨み続ける。田中刑事は未来から視線を逸らさぬまま、僕達に命令口調で言った。

「二人共今すぐこの部屋から出なさい！　早くっ！　早くするんだっ！！！」

気を荒立てた田中刑事の大声に体が反応する。必死で体を動かす。ガクガクと震え続ける膝を懸命に動かし、這い蹲《つくば》りながら玄関から飛び出す。

「勇斗おおお！　何処に行くのおおお！　勇斗おおぉぉ！！！」

古びた階段に足をかけた瞬間、大声で僕の名を呼ぶ未来の声が聞こえた。僕の名を叫び続ける未来の声を背中で聞きながら、振り返る余裕などあるはずもなく、ひたすら階段を駆け下りた。階段を下りきった僕に、血相を変えた社長が呟くように言った。

「何なんだ……あの……生き物は？……」

「…………滝沼…………未来です…………」

途切れ途切れに未来の名前を発しながら、僕は定まらない眼差しで社長を見た。強張った表情で汗だくになっている社長が、額の汗を拭いながらポツリと言葉を零した。

「あんな生き物に狙われて、お前……、どうするつもりだ？　あの……あの生き物は人間なんかじゃない。ただ欲望のままに動いている化け物だ。どうするんだよ？　どうするんだ……」

社長がうつろな目を僕に向ける。僕は社長の問いかけに答えられず、ひたすら首を横に振った。アパートを見上げると、かつて心の安らぎだった自宅は滝沼未来という名の化け物に支配された悪魔の巣窟《そうくつ》へと変化していた。降り続ける激しい雨に打たれながら、僕と社長はワゴン車を目指し駆け出した。アパートから離れる僕とは対照的に、僕の名前を叫び続ける未来の声は、離れれば離れるだけ鋭さを増して鼓膜に突き刺さる。両手で耳を塞ぎながら、ワゴン車目がけて全力疾走した。

社長と二人、ワゴン車の中に身を潜める。全身が恐怖に震える。アパートに残った田中刑事を待つ。

「勇斗、しばらく仕事は休め」

社長は一言そう言うと、バックミラーを僕に向けた。うつろな顔をバックミラーに映すと、頬にクッキリと爪跡が付いていた。鏡に映った自分の顔を見て、絶望感に襲われる。頬にクッキリと付いた傷跡は、滝沼未来という化け物が現実に存在している事の証だった。あり得ないはずの現実が、紛れもなく、今僕自身に降りかかっているという……。

どのくらい時間が経ったのだろう？　田中刑事を待つ時間がとてつもなく長く感じられた。車内に緊迫した沈黙が流れていた。体中に押し寄せる不安や絶望に、唇を噛み締める。

――いったい僕が何をしたんだ？　僕にどうしろというんだ？　これから……、この先の僕の人生は、永遠にあの化け物に支配され続けるのか？

噛み締めた唇に鉄の味が滲む。怒りを交えた戦慄に駆られながら、アパートに目を向けた。悔しさや憎しみが込み上げる。

車内の静寂を突如エンジン音が破る。車体が動き出す。

「待ってください！　田中刑事がまだアパートにいます！」

慌てて社長に言う。社長はバックミラーを見たまま奇声を発し車を走らせる。

「社長！　車を停めてください！　まだ田中刑事が来ていない！　社……」

「停められるかぁあぁぁああ！　見てみろぉぉお！　見てみろぉぉぉおお！」

僕の声を、捩れた社長の声が掻き消す。ハッとしバックミラーに目を向ける。バックミラーは、未来に覆い被られた田中刑事がもがきながら必死にワゴン車へ向かって来る姿を映している。歯を剥き出しにし、変色した爪を立て田中刑事に覆い被さる未来の視線は、真っ直ぐに僕を捕らえていた。未来と目が合う。全身の血が逆流してゆく。憎悪に満ちた目からは、僕へのメッセージが手に取るように伝わる。

裏切り者……嘘つき……ずっと一緒だと約束したのに……。

猛スピードで走行するワゴン車に助けを求める田中刑事の姿が、バックミラーからどんどん小さくなってゆく。

「停めてください！　早く車を停めてください！　社長！」

僕の訴えに耳を貸さない社長は、ますますスピードを上げてゆく。田中刑事の姿が、蟻んこのように小さくなってゆく。バックミラーから田中刑事の姿が消えようとした瞬間、いのりの顔が浮かんだ。

無邪気な笑顔で僕に接したいのり。何の罪も犯していないのに、僕に関わっただけで殺されたいのり……。僕を好きだと満面の笑みを浮かべたいのりの顔が……。

無数の涙が零れた。いのりを殺したのは……僕のようなものだ。

そして未来をあそこまで変えてしまったのも……僕だ。僕を求め、僕のためならば何でもできると微笑んでは恥ずかしそうに俯き、誰よりも僕に愛される事を望んでいた未来。僕に尽くし、僕を自分よりも大切な存在だと言っては笑顔を見せた未来。美しくひた向きで素直だった未来を、あんな化け物に変えてしまったのは、他でもないこの僕だ！　苦い苦しみが押し寄せる。もし、僕が未来を過去のように愛せたなら……愛する事ができるならば……、未来はまた以前の姿に戻るのだろうか？

……でも……でも、僕は……どうしても未来を愛する事などできない！！！　未来を求める事など、もうできない！　その僕は、どうしたらいいんだ！

バックミラーに映る爪跡だらけの顔を見つめながら、大声で叫んだ。

「停めろぉおおおおおおおぉぉ！！！」

サイドブレーキを勢いよく引く。

キキキキキィィィイー！！！

ドシャ降りの雨でぬかるんだ地面をワゴン車が激しくスリップする。操縦の利かなくなったハンドルを力一杯握りしめた社長が、慌ててブレーキを踏む。ワゴン車が激しい揺れを起こす。タイヤが脇道の壁にぶつかる。停車したワゴン車から即座に飛び降り、田中刑事のもとへ急いだ。

――冗談じゃない！　僕のせいでこれ以上人が死ぬのは嫌だ！　殺させるものか！

ぬかるんだ泥道を走りながら、僕はもう滝沼未来から逃げられない事を覚悟していた。滝沼未来に出逢ってしまった瞬間に、僕は暗闇の迷路へと足を踏み込んでしまったのだ。光など永久に射し込まない、出口などない永久の迷路に……。

「田中刑事！！！！」

泥まみれで倒れ込む田中刑事に駆け寄り、激しく体を揺さぶった。何度も繰り返し名を叫ぶ僕に、田中刑事は僅《わず》かに手を動かし反応する。苦しそうにゼェゼェと肩で呼吸をし、掠れた声で田中刑事が言った。

「殺されるかと……思った……。あり得ない事が、本当に起きていたんだな……」

「未来は？　あの女は？」

「いや……、車が見えなくなった瞬間消えてしまった。もの凄い形相で……。約束は破らせないと叫びながら」

「約束は破らせない？　約束は破らせないと言ったんですか？」

「ええ、どういう意味かは……分からないがね。殺されなかったのが奇跡に近い。あれは、あの女は人間じゃない。とにかく早くこの場を去らねば。話はそれからだ。すまんが……肩を貸してくれるかね……」

息も絶え絶えにそう言うと、田中刑事は血まみれになった体をゆっくりと起こした。僕は傷だらけになった田中刑事を抱え、アパートを背にした。どんどんと小さくなってゆくアパートから、僕を凝視する未来の視線を背中で感じていた。

この時僕は、これ以上、未来に人を殺させないと誓った。未来を殺戮者《スローター》にはさせない。僕が止める。たとえ未来を永遠に消し去る事になっても。それが、未来に対する最後の愛情でもあった。かつて愛した女性である未来に、これ以上罪《つみ》を重ねさせないよう、もう二度と未来のもとへ帰る事ができない僕からの、最後の愛情……。

アパートが遠のくにつれ、心の奥底に残っていた未来への情に決別した。

心の何処かに残っていた未来への情を捨てた僕は、ただただ滝沼未来という女を憎んでいった。

X 地獄の果てにある未来

社長を車に残し、血まみれになった田中刑事と共に、お台場警察署に辿り着いた時、僕は田中刑事に傷を負わせた犯罪者として見られた。数人の警官が田中刑事のもとへ駈け寄り、「大丈夫ですか？　あとは我々が取り押さえておきます」と言って僕の体を力ずくで引っ張ったため、田中刑事が慌てて止めた。田中刑事は苦笑し僕の顔を見た。

「すみません。何しろ犯罪は日常茶飯事なもんでね。警察内部の人間も年柄年中、神経をピリピリさせているんですわ。警察と言っても、普通の人間と変わりない。ただの国家公務員だ。休日もろくに与えてもらえない……哀れなもんです」

そう言うと、田中刑事は泥まみれになったコートを両手でパンパンと払い、真剣な表情を僕に向けた。

「及川さん、アレは、あの生き物は……、私だけの力ではどうにもならない。私もこの道三十年のプロだが、この事件は私一人の手には負えないんですわ」

僕は希望の光が消えてしまうのではないかと、不安になった。田中刑事が滝沼未来を恐れても仕方ない。いるはずのない人間が存在して、あり得ないはずの事が現実に起きてしまっているこんな奇妙な、奇怪で不可解な事に、田中刑事がここまで付き合ってくれた事自体が奇跡に近い。もし、僕が自分で警察に助けを求めたって、捜査してくれないどころか、頭のおかしな奴として話さえもまともに聞いてはもらえなかっただろう。鼻で笑われ馬鹿にされるのが目に見えている。田中刑事が僕の話を真剣に聞き、行動を起こしてくれただけでも頭の下がる思いだ。

……でも……。

田中刑事の話を黙って聞いていた。顔面蒼白のまま俯く僕に、田中刑事は一呼吸置き、穏やかな口調で言った。

「とりあえず、今私が体験した出来事を上司に伝えてきます。まぁ、何を寝ぼけた事を言っているんだとどやされると思うが……。何しろこの事件は信憑性がまるでない。劇的だ。しかし、昏睡状態で病院のベッドに寝たきりでいる滝沼未来の歯形と、小原いのりさんの頭上に落ちた照明コードから検出された歯形が一致しているのも事実だ。その事も含め、全て報告します。単独捜査をした事で、何らかの処分は免れないが、今はそんな事を言っていられる場合ではないからね」

そう言うと、田中刑事は僕の肩を軽く叩き、先程の会議室で待つようにと指示を出した。泥にまみれたよれよれのコートを羽織った田中刑事の後ろ姿を、僕はひたすら見つめていた。僕は冷たいタイルの廊下で、どんどん小さくなってゆく田中刑事の後ろ姿に深くお辞儀をした。

狭く殺風景な室内は、土砂降りの雨のせいか異様に温度が低く、まるで牢獄の中にいる気がした。田中刑事の言葉どおり、警察が動いてくれる可能性などない事を、分かり切っていたからかもしれない。

両手で頭を抱え込み、田中刑事を待っていた。目を瞑れば未来のおぞましい形相が浮かび上がる。青白い顔をし、僕を凝視する未来の顔が、何度振り払おうとしても、田中刑事から告げられた未来の言葉が頭の中に木霊する。

『約束は破らせない……』

その意味を僕は理解している。未来が言った『約束は破らせない』という言葉は、僕が想像しているとおりの意味だろう。アイツは……、滝沼未来は、僕を決して離さないだろう。僕の意志で未来から離れる事なんてできる訳がない。万が一僕が未来から逃れられても、未来は必ず僕のもとへ姿を現す。かつて未来を怖いくらいに愛してしまった僕が、未来と交わしたあの約束。未来にとっては何よりも強い契約なのだ。そう、あの恋人同士が何気なく交わす口約束が、未来にとっては絶対的な契約なのだ。あの一言が……。あの、『ずっとずっと、勇斗の側にいてもいい？』『あぁ、側にいてくれ』というあの会話が、未来の中では何よりも強い契約になっている。法だとか規則だとか常識だとか、そんなものは何一つ通用しない。未来は、自分の世界でしか生きていない。自分の感情や意思のみで動く。思いどおりに物事が運ばれなかったら、未来はどんな手段を使ってでも自分の望みどおりにする。そう……、いのりを、何の罪も犯していないいのりを、僕の目の前で惨殺したように……。

――僕はもう、永遠に未来から離れられないのだろうか？　亡霊でもなければ存在するはずもない人間、滝沼未来から……。

血の気が引いてゆく。生きる希望さえも失い始めた僕を、異常なほど冷える室内がまるでもう助かる道はないと告げているように僕の体温を低下させてゆく。

――何か大切なものを見落としている。僕は何か大切なものを……。未来から逃れられる道を開く鍵になるかもしれない、大切なものを……。

薄暗い室内で、これ以上事態が悪化しない方法はないのか、あの平和だった日常に戻れる方法は残されていないのか、整理が付かない頭でひたすら考えていた。

音を立て、ドアが開いた。

「すみません、遅くなりました」

田中刑事が姿を現した。田中刑事は眉間に皺を寄せ、重苦しい空気を漂わせている。

田中刑事の表情を見て、未来の件で警察が動く事はないと直感せざるを得なかった。

僕は田中刑事から視線を逸らし、古ぼけたスチール製の小さなテーブルを見つめた。

「及川さん……、今、上の者にかけ合ってみたんだがね……」

「やっぱり警察は動かないんですね？」

申し訳なさそうな声で話す田中刑事の言葉を、苛立った僕の口調が遮った。狭い会議室に重苦しい空気が漂う。田中刑事の顔に少しも視線を向けず、ひたすらテーブルを見つめる僕に、田中刑事は咳払いし話し始めた。

「ハッキリ申し上げましょう。警察としては、これ以上滝沼未来と関わるのは無理です。滝沼未来が小原いのり殺害事件の犯人だという方向で、事件とし捜査を行うのはまず無理です」

「でもっ！　いのりの頭上に落ちた照明コードには、未来の歯形が検出されているじゃないですか！　だったら、未来がいのりを殺害した犯人として捜査を行うのが、警察としての義務なんじゃありませんか⁉」

怒りのあまり、思わず立ち上がる。狭い会議室に、僕の怒声が響いた。田中刑事は前髪をくしゃくしゃと掻き毟り、ため息混じりに言った。

「及川さん、あなたが言いたい事は分かります。私も、滝沼未来が小原いのりを殺害した犯人として捜査を行うべきだとも思う」

「だったら！」

「しかしっ！　それは滝沼未来が健常に生きているとしたらの話ですよ。滝沼未来が今、普通に日常生活を送っている人間ならばの話です！　しかし滝沼未来は今、病院のベッドの上だ！　意識不明なんだ！　自分で動く事もできなければ、話す事もできない！　滝沼未来は一ヶ月ほど前から昏睡状態のままなんだ！　小原いのりが事故死したのは、滝沼未来が意識不明になってからだ！」

「事故死……？　いのりは……、いのりの死は事故死だと言うのですか！」

苛立った叫びが室内に響く。

「及川さん、分かってください。私の力ではどうにもならない」

「田中刑事！　あなたは見たはずだ！　いるはずのない滝沼未来を、さっきその目で見たはずだ！　田中刑事！　あなたの体中にある傷は、他の誰でもない、滝沼未来から受けた傷でしょう！　それでもあなたはっ！」

叫び続ける僕に、田中刑事は無言で上着を脱ぎ捨て、上半身を露わにした。体中の力が一瞬にして抜けてゆくのを感じた。立っている事もできなくなった僕は、冷たいタイルの床へ腰を落とした。

「そんな……、馬鹿な………」

「ええ、全くです。私もさっき、滝沼未来から受けた傷を証拠として見せようと、上の者の前で上着を脱ぎ捨てた時、今のあなたと全く同じ反応をしましたよ。……信じられないがね、及川さん、あなたも見て分かるとおりだ。滝沼未来から受けた傷は、跡形もなく消えているんですわ……」

　声を失った。ついさっきまであんなに血を流していたはずの傷が、消えている。未来が覆い被さり、桁外れな力で田中刑事の皮膚をむしり取った傷口が、まるで何もなかったかのように跡形もなく消えていた。

「及川さん、さっきも言ったとおり、警察と言ってもただの国家公務員だ。警察と言っても会社と同じだ。こんな不可解な出来事を事件として捜査する事はできない。まして、私のようなキャリアでもない刑事にはなおさらね。そんな権限はない。どうする事もできないんです……」

「じゃあ、僕はどうなるのですか！　僕はあの化け物から一生離れる事もできずに、アイツに、滝沼未来に殺される日を一人大人しく待っていろと言うのですか！」

「分かってください、及川さん……、私にはこれ以上何もできない。滝沼未来は、横浜の病院で眠っているままなんだ！」

「なら……、なら警察はいのりの頭上に落ちた照明コードの歯形を、何の疑いもせずに、いのりの死は事故死だったと片付けるんですか！」

「そうは言っていない！　その事についてはこれから厳重に捜査が行われる！　しかし、前にも言ったが人間の歯で噛み切れる物ではない！　それに、事件現場にいた人間全員が口を合わせて言っているんだ！　あれは事故だと！　及川さん、あなたもその場にいたのだから分かるでしょう？　何十人もの目の前で起きた事件なんだ！　現場にいた人間が事故だと証言するものを、意識不明である滝沼未来が行った殺人事件として捜査をするのは不可能だ！」

　狭い会議室内に、僕と田中刑事の大声がぶつかり合っていた。僕は弱々しい声で、田中刑事に最後の切り札を出した。

「田中刑事……、滝沼未来が昏睡状態だというのなら、さっきあなたを襲った得体の知れない人物は誰なのですか？　僕の部屋に住み付いている、滝沼未来と名乗るあの女はいったい何者なのですか？」

　未来の名を口にする声が震えた。田中刑事はドシャ降りの外を小窓から見つめたまま、僕にたった一言返答した。

「私には……、見当もつきません」

　外の雑音が狭い室内に流れ込む。僕は荒立った気持ちを抑える。すぐさま絶望感が押し寄せる。黒い闇が入り口を開け手招きしているのを感じていた。

「及川さん、分かってください……」

　申し訳なさそうに田中刑事が言った。僕はもう言葉さえ見つけられなかった。

　くたびれたドアを開く。田中刑事を見た。田中刑事は窓の外から目を離さず、決して僕のほうに視線を移さなかった。ギィィィィ………と鳴きながらドアが閉まるまで、僕は田中刑事の後ろ姿を眺めていた。

いつまでも止まない雨の音だけが残った。

二〇〇五年一月八日
未来が田中刑事を襲った出来事以来、僕が自宅に足を踏み入れる事は一度もなかった。お台場警察署をあとにした僕は、顔面蒼白のまま事務所へ足を向けていた。事務所に入ると、先に戻っていた社長は隅のほうで恐怖に顔を凍らせ、ソファの上で激しく震えていた。僕に気付いた社長が一言口にした言葉は、『お前は、生きている人間か?』という、いかにも動転した言葉だった。僕は何も答えられず、浅く頷くのがやっとだった。

田中刑事が断言した『警察は動けない』と言う言葉は、僕を絶望のどん底に陥れた。

いのりが殺害されてから、早くも五日が過ぎようとしていた。

テレビからはいのりの特番が徐々に減ってゆき、いのりの死については、もうマスコミが騒ぎ立てる事はなかった。

〝遠い風に向かって〟の撮影及び制作は、いのりの死によって中止された。『小原いのり以外で、瑠璃子を演じられる女優はいない』と、森聡史氏も松井監督も早瀬プロデューサーも断言した。いのりの死を実感してゆくにつれ、小原いのりがどれだけオ能に溢れた女優であったかを、再認識していった。

マスメディアは事件当時いのりの側にいた僕に、何でも良いからとコメントを求めたが、社長は一切拒否した。僕自身、いのりの死について何かコメントをしろと言われてもそんなのは到底無理だった。マスメディアが報道した、【天才女優、小原いのり、撮影中に突然の事故死！】という文面を見るたび、まるで心を大木で殴り倒されたような痛みを覚えた。

――いのりは、事故死なんかではない！　滝沼未来という生霊に惨殺されたんだ。

これが僕と社長の心の声だった。社長はあれ以来、未来の存在を恐れる余り夜も眠れなくなり、暗闇を酷く恐れるようになってしまった。数日後、社長はとうとう心療内科へ足を運んだ。

何日過ぎようとも、僕の精神は安定する事がなかった。いつまた未来が現れるのだろうかと、僕も社長も、あの時の恐怖に身を縮め続けた。そう、まるで、人間に虐待され怯え切った小さな子猫のように……。

『勇斗、一緒に行くか？』それは、不安定な眼差しで、社長が今朝、僕に問いかけた言葉だった。僕は社長の眼差しを真っ直ぐに受けながらも、軽く首を横に振った。

『……そうか』社長はそう呟き、心細そうに事務所のドアを閉め、心療内科へと向かった。弱々しい社長の背中を見送る。胸が締め付けられる。

——全部僕のせいだ！　いのりの死も！　社長をあんな姿に変えてしまったのも！　事務所から社長の姿が消え去ったあと、計り知れない罪悪感が込み上げた。僕に関わった人間は、皆不幸な道へと進んでしまう。それも僕を支えてくれた、僕にとって大切な人ばかりが……！　僕はもう、未来を愛してしまった過去さえも憎らしくて仕方がなかった。

——あの女に出逢っていなければ、いのりも、社長も、あんな事にはならなかった！　あいつさえ、あの女さえいなければ……！

爪が喰い込むほど拳を強く握る。未来への対策を練らなくてはいけない。田中刑事が僕へ伝えた未来の言葉、『約束は破らせない！』を思い出すたび、滝沼未来がこのまま大人しく姿を消すはずはないと確信していた。きっと今も僕のすぐ側で、僕に愛されていると思い込んでいる滝沼未来の生霊が存在しているのだろう。僕を監視し、異常な束縛を押し付ける事が愛の形だと思い込んだままで……。

あのおぞましい姿の未来が、いつまた目の前に現れるかと考えただけで発狂してしまいそうだった。精神の限界を超えた僕は、滝沼未来に対しての恐怖とそれに勝る怒りに、心身を破壊され始めていた。唯一何とか気を狂わせないでいられたのは、未来がこれから起こそうとしている出来事をいち早く察し、これ以上の犠牲者が増えないように、何より、滝沼未来が自分の意思で僕から離れたいと思わせる対策を練らなくてはならない使命が、僕に残されていたからだった。

　バタンッ！

　ドアを勢い良く開ける音がし、玄関先に目を向ける。

「勇斗さん、ここにいたんっすか！　社長に呼ばれたんっすか？」

　すっとんきょうな声を上げた岩本が、何やら意味深な笑みを浮かべ声をかける。答える間もなく、岩本はニヤニヤと口許を綻《ほころ》ばせ、持っていた週刊誌を手渡した。

「何だよ？」

　岩本の笑みを気味悪く思いながら、僕は岩本から週刊誌を受け取った。

「何だよって、勇斗さんまさか知らないいんすか？　こんなに騒ぎになってるのに？」

「騒ぎ？」

　岩本の言っている意味が理解できず、オウム返しをする。僕が面倒くさそうに週刊誌をぺらぺらと捲ると、岩本は僕から週刊誌を取り上げ、あるページを開き僕の目の前に突き出した。

「なぁーんか、大変っすね、勇斗さんも。次から次へと……。厄払いにでも行って来たほうがいいんじゃないんすか？」

　いかにも大変とは思っていないような顔、むしろ状況を楽しんでいるように岩本が嫌味のこもった口調で言い放つ。岩本の開いたページに嫌々目を向けると、一瞬時空間が歪んだような感覚に捉われた。僕は唖然としたまま、週刊誌の文章に目を奪われた。

【スクープ！　小原いのりの死に、新人俳優、及川勇斗が関わっていた！】

週刊誌の一面にでかでかと載っている記事に、言葉を失う。

【先日突然の事故死と報道された小原いのり（享年二十歳）は、今注目の新人俳優・及川勇斗（二十二歳）と熱愛中だった事が、芸能関係者の発言により明らかとなった。天才的才能を持った小原いのりが、新人俳優の及川勇斗に好意を寄せた事で、及川勇斗の婚約者が哀れにも捨てられたという。事故死と発表されていた小原いのりだが、『あれは、及川が無残に捨てた婚約者による計画的犯行だったと思いますよ。それに及川が関わっていた事も否定はできないんじゃないんですか？』と、芸能関係者が口を割った。

『及川勇斗に関わると、必ずトラブルが起こる。まぁ、トラブルならまだいいけど、今回みたいな事件が起きちゃったんだから……。及川勇斗に関わると、必ず誰かが不運な目に遭うというジンクスは、今や業界内では有名ですね』と、及川を良く知る芸能関係者が告白した。及川勇斗に何があったのか未だ謎に包まれているが、及川が芸能界で成功してゆくのはまず無理だろうと、関係者一同口を揃えている。

今後の及川がどのような対応に出るのか定かではないが、関係者を含む人々が及川

を恐れているのは事実のようだ。死を招く男・及川勇斗の今後の対応に、我々も眼を光らせ、追及する必要がありそうだ】

週刊誌を岩本に投げ返す。衝撃に打ちのめされた体をソファに沈める。言葉を失っている僕へ、岩本が吐き捨てるように言った。

「とりあえず、しばらくはおとなしくしてたほうがいいんじゃないっすか？　この先の仕事がどうなるかは、勇斗さんの出方次第って感じっすからね」

皮肉一杯の言い方でそう述べ、岩本が鼻で笑う。

「まぁ、これからがあれば、の話だけどね」

そう呟いたのを、僕は聞き逃さなかった。岩本にとっては、今のこの状況は快楽でしかないのだろう。深刻な顔を作ろうとしても、口許が自然に綻んでしまう岩本を見ていれば、岩本が僕に対し忠実なスタッフじゃなかった事が明らかに分かる。

「勇斗さんはどうするつもりっすか？」

「どうするって？」

岩本がいったい何を言いたいのか、それさえも理解できず、僕は岩本の質問そのものを聞き返した。岩本は面倒臭そうにしかめっ面をし、二、三言葉を付け足し質問を繰り返した。

「だからぁ、これから業界にどう出てゆくのかって聞きたいんすよ」

「どう出るも出ないも、それは僕が決める事じゃないだろう。周りが変化してゆくのに、僕がどう付いて行くかじゃないのか？」

「あぁー、いい子ちゃんですね〜、勇斗さんは」

「どういう意味だ？」

岩本の半ば挑発的な態度に、怒りが込み上げる。岩本はどうでもいいと言わんばかりの口調で、僕の怒りを逆撫でする。

「業界はそんな甘くないって事っすよ。業界が勇斗さんを使わなくなったら、勇斗さんがどんなに業界の変化に対応しようとしても、それは単なる悪あがきでしょう？今や勇斗さんは業界にとって、疫病神と噂される人物だ。業界だけじゃない。小原いのりが死んだのは勇斗さんと関係を持ったからだと、勇斗さんを疑っている人間はごまんといる」

「何が言いたいんだよ！」

怒りに満ちた声が、事務所に広がる。岩本は肩をすくめた素振りをし、話を続けた。

「俺が言いたいのは、及川勇斗が小原いのりを殺したと思っている人間は、業界が一番敵に回してはいけない視聴者だって事っすよ。マスコミのネタに動かされる視聴者！この世界、視聴者を敵に回して、生きていける奴なんて一人もいないっしょ？　違います？」

悔しい事に、僕は岩本に違うと返答する事ができなかった。岩本の言うとおり、この業界で視聴者を敵に回して成功する人間なんか一人もいない。どんなに大きなテレビ局だって、視聴者を敵に回す事を恐れている。マスメディアが報道する情報に視聴者はいとも簡単に動かされ、またマスメディアは視聴者によって吉をも凶をもを手にする。どんなに強力な権力を持っていようとも、視聴者を敵に回しては終わりだ。

唇を噛み締める僕に、勝ち誇った表情で岩本が言った。

「まぁ、身から出たサビって事じゃないっすか？　何でしたっけ？　えぇーと……、ほら、未来ちゃん？　彼女も被害者って言えば被害者っすよね。信じてた男が、有名女優にころりと乗り換えて。あー、別に勇斗さんを責めてる訳じゃないっすよ！　俺だって男だし、勇斗さんの気持ちぐらい痛いほど分かりますって！　一般市民の冴えない女より、可愛くて有名な女優を手に入れるほうが、男の格が何倍も上がる。ましてや業界で生きてゆくには、凄いメリットになるしね」

「黙れっ！！！」

僕の怒声で、皮肉混じりの話が途絶えた。岩本はいたずらに舌を出し、両手を上げて見せた。

「お前がどう思っていようと、僕には関係ない！　僕はいのりを殺してもいなければ利用してもいない！　マスコミが何とはやし立てようと、僕はやってもいない罪を認める事はしない！」

　岩本はフンッと鼻で笑い、怒り狂う僕を眺めるように見ると、子供をあやすような口調で言った。

「俺は別に、勇斗さんが小原いのりを殺した犯人だとは言ってないっすよ。ただ、世間はそうは思っちゃくれない。まぁ、俺もその場にいたし、小原いのりが死んでいく姿も見てる。あれは事故だと、百人が百人思うでしょう。でもねぇ、実際に刑事が勇斗さんに事情聴取をしに来てるじゃないっすか！　アレって何だったんすかね？　火のない所に煙は立たない。違います？」

　そう言うと、岩本は持っている週刊誌を指先でトントンと叩いて見せた。週刊誌に情報を提供したのは、岩本本人だと直感した。言葉にならないほどの怒りが体中を駆け巡る。岩本に気付かれぬよう大きく息を吸い込み、冷静さを取り戻す努力をする。しかし、僕が岩本に向ける口調は荒れたものだった。

「僕が今どんな状況に置かれていても、お前には関係ない事だろう。それとも、僕を貶《けな》しに来たのか？　何か情報を得るのが目的か？　僕を脅せば、お前にとって好都合な情報が得られると思ったのか？」

　怒りが、岩本に向ける視線から溢れ出す。鋭く岩本を睨みつけると、岩本は少し焦った表情を浮かべ、訂正し始めた。

「嫌だなぁ！　俺が勇斗さんを貶したり、ましてや脅したりなんてするはずがないでしょう！　俺は勇斗さんの付き人っすよ！　心配で様子を見に来たに決まってるでしょう！　それにさっきも言ったとおり、俺は勇斗さんの気持ちが痛いほど分かりますって！　俺だって健全な男だ。何のメリットもない女より、美人でメリットのある女を選ぶのは勇斗さんだけじゃない！　世の中に存在する男全員、勇斗さんがした選択をしますって！」

「お前に僕の何が分かるんだ？」

僕はとっさに聞き返した。岩本はさらに焦った顔をし、必死に取り繕おうとする。岩本にとっては、僕を怒らせて情報を失うより何か一つでも情報を得たいのだろう。今僕が世間で騒がれているならば、僕に関する情報はマスコミに高い価値を与える。芸能界で目立てるチャンスを初めて手にした岩本にとって、目の前で怒り狂っている僕は金づるに違いない。自分の魂胆を見破られているとも知らずに、岩本は必死に取り繕う。

「勇斗さんが彼女を捨てて小原いのりを選んだのは、間違いなんかじゃないって事っすよ！　だって、勇斗さんの彼女は業界とは何の関係もない一般市民の女だったんでしょう？　だったら、小原いのりを選んだ勇斗さんの選択は正しかった。男にとって、ましてやこの業界で生き抜こうとする人間にとっては、女を選ぶのも重大なことだし。

まぁ、小原いのりがあんな事になっちゃ、勇斗さんも大変だろうけど……。性欲を満たすだけなら、いい所知ってますよ！　何なら紹介しましょうか？」

「今すぐ僕の前から消え失せろっ！！！」

激しく怒鳴り声を上げながら、岩本の鞄を玄関先に投げ付けた。岩本はチッと舌打ちをし、玄関へ向かった。ドアノブに手をかけながら、岩本が僕に言った。

「アンタ、もう終わりだよ。パンピーがお似合いだね」

捨て台詞を吐くと、岩本は訪れた時と同じ薄笑いを浮かべ事務所から出て行った。

誰もいなくなった事務所内で、僕は激しい怒りを体に溜めたまま再びソファに身を沈めた。未来がすぐ近くにいるような、そんな奇妙な空気を感じていた。

こんな男を追い続ける滝沼未来が、僕にはやっぱり異常な者にしか思えなかった。

XI果てしなき闘い

二〇〇五年一月十日
事務所のソファで寝ていた僕を、社長の悲鳴混じりの声が起こした。

「勇斗！　起きろ！　勇斗！」

「……何ですか……？」

「岩本がっ！　岩本が死んだ‼」

気怠く身を起こしていた僕は、社長の言葉で一気に睡魔が消え、飛び上がるほど驚き、目を見開いたまま社長を見ていた。

「……いつ？」

「分からない！　今、警察から連絡が来たばかりだ！　俺は警察まで行くが、お前も来たほうがいい！」

「……僕も？」

「詳しく話している暇はない！　とにかく行ってみない事には何にも分からない！　ただ……、お前も行って話を聞いたほうがいい！」

社長の顔が一瞬曇った。僕は胸騒ぎを必死に抑え、恐る恐る社長に聞いた。

「あいつが……、滝沼未来が関わっているんですか？」

社長は凍りついた表情を浮かべ、息を呑んだ。

「俺には分からない……。行ってみない事には……。ただ、警察がしつこく何遍も繰り返していた。『不可解だ』……と」

胃が激しく捩れる感覚……。青ざめた顔を硬直させたまま、急いでコートを羽織る。挙動不審に見えるほどに辺りを見回し、僕と社長はお台場警察署へ向かった。事務所にいたわずかなスタッフが皆恐怖に身を強張らせながら、走り去る僕と社長を眺めていた。

お台場警察署に到着すると、待ってましたと言わんばかりに田中刑事が姿を現した。口回りに生えている無精髭が徹夜明けである事を表していた。

「いやいや、わざわざスイマセンでしたな」

田中刑事は疲れきった顔で力なくそう言うと、僕と社長を個室に通した。窓からは日の光が射していたが、部屋の中は薄暗かった。古ぼけたソファが二つ、対面して置いてある。田中刑事はソファに腰を下ろし、僕達にも座るようにと促した。

「早速ですが……」

田中刑事が沈んだ声で切り出した。社長は腰を下ろすと同時に、田中刑事に質問を投げかけた。

「先程電話で、だいたいの事はお聞きしました。田中刑事、はっきりと言ってください。岩本は、殺されたのですか？」

「殺された……、とは言い切れません。ただ、殺しの可能性が高い……。今はそれしか言えないんですわ」

薄暗い部屋に、重たい空気が漂う。話の内容すら把握できず、田中刑事と社長の顔を、交互に見つめてばかりいた。ただはっきりと分かっているのは、岩本が死んだ……。その事実だけだった。

田中刑事は沈黙を破るように一回咳払いをすると、重たい口を開き会話を繋げた。

「岩本さんは昨夜、自宅付近の歩道橋の下で、遺体として発見されました。発見された時は、顔が潰れ、遺体が岩本さんであると判明するのにしばし時間がかかりましたわ。恐らく転落した時顔から落下したんでしょう」

「だったら……、事故なんじゃないんですか？」

田中刑事の話を遮り質問したあと、僕は疑問だらけなまま田中刑事を見つめた。田中刑事は僕から視線を逸らし、苦い顔をした。

「ええ、最初は誰もがそう思った。足を滑らせて転落したんだと……。現に目撃者も二人いましてね、どちらも岩本さんが突然階段から転げ落ちたと証言してます。ただね……」

「何なんですか？」

社長が急き立てた。田中刑事は額に手を置き、考えるように話を続けた。

「鑑識の結果、不可解な点が浮かび上がってきたんですよ。亡くなった岩本さんの上着には無数の髪の毛がこびり付いていました。異常なほど無数のね……。そう、まるで誰かに髪の毛を掴まれ引っ張りまわされたような……、引きちぎられたような……。そんな残骸の髪の毛がね……」

「どういう意味です？」

話の結末が見えず、僕も田中刑事を急かした。田中刑事は唸りながら言葉を選び選び話した。

「亡くなった岩本さんが一人で転落するのを、二人の人間が見ています。岩本さんの周りには誰一人いなかった。そう証言しています。しかし、亡くなられた岩本さんの衣服には、引きちぎられた無数の髪の毛がこびり付いていました。とても強い力で引きちぎられた髪の毛がね……。警察は転落した拍子にこびり付いたものでは……とも考えましたよ。もちろんです。目撃者が一部始終を見ていたのですから……。ただ、二人の目撃者が岩本さんを見ていたのには訳があるんですよ……」

そこまで話すと田中刑事は一時黙りこくった。田中刑事の顔は見る見る強張ってゆき、僕は体中で蠢いている嫌な予感が、一層激しくなるのを感じていた。田中刑事は思いつめた顔でゆっくりと続きを述べた。

「目撃者は二人とも、岩本さんがしきりに叫んでいる声を聞き、岩本さんに視線を運んだと言ってるんですわ……」

「叫んでいた？　一人でですか？」

社長が不思議そうな顔で聞き返した。僕は全神経を鼓膜へ集中させていた。

「ええ、岩本さんは一人だったと証言している。しかし、酷く怯えながら必死に空中に向かい抵抗していたと。『やめてくれ！　俺は何も関係ない！　俺が捨てたんじゃない！　俺はただの付き人なんだ』と……。余りの奇怪な光景に目撃者は岩本さんから目を離せなかったと言っています。そして、岩本さんが転げ落ちた……。まるで、一瞬空を舞ったかのようにジャンプしながらね……」

全身から冷や汗が滲み出てくるのを感じる。呆然としている僕に、田中刑事が問いかけた。何が言いたいのか、初めの一言で察しが付く。

「及川さん、岩本さんはあなたの付き人だった……。そうですね？」

「……はい」

返答する声が上ずる。社長は口を大きく開けたまま、無言で僕を見つめている。

「私はまどろっこしい質問が嫌いでね……、単刀直入にお聞きします。及川さん、あなたは岩本さんの死について、何か思い当たる事はありますか？　何でもいいんだ。どんな些細な事でも……」

　鋭い痛みが走る胃を押さえ、ゆっくりと頷いた。岩本が死んだと聞いた時から……、岩本の死が不可解な事だらけだと聞いた時から、僕は直感していた。体中で蠢いている嫌な予感が、確信へと変わっていた。

　田中刑事は真っ直ぐ僕を見ている。この狭い室内にいる全員が、何故岩本が死んだのか、岩本が誰によって殺害されたのか、本当は知っているように思えてならなかった。僕はゆっくりと田中刑事の質問に答えた。僕が声を発するのと同時に、社長が息を呑んだのが分かった。

「田中刑事、岩本は殺されたんです。いのりと同じように、滝沼未来に……」

　永く苦しい沈黙が流れた。滝沼未来の名を聞いて、誰一人として反論しなかった。僕を含める全員が、苦悩し固まっている姿だけがそこにあった。掛け時計が時を刻む音だけが聞こえる。苦い沈黙に耐えられなくなった僕は、呟くように言った。

「やっぱり、僕が言っている事は信じてもらえないのですか？」

　田中刑事はため息をつき、苦悩したまま返答した。

「及川さん、私はあなたがおっしゃっている話を疑ってはいない。むしろあなたが推測しているとおりだと判断するべきだと思う。現に私はこの目で見ていますからね。

できれば二度と関わりたくないというのが私の本音ですが。しかし、滝沼未来は何故岩本さんを殺したのでしょう？」

「岩本は僕が小原いのりに乗り換えて、滝沼未来を捨てたと思っていた。先日週刊誌で僕がいのりの死に関わっていると報じられたのをご存知ですか？」

「ええ、拝見しました」

田中刑事の顔が見る見る苦悩を増してゆく。隣に座っていた社長は、放心したまま僕の顔を見ている。

「岩本は、その件で僕を問い詰めてきました。僕個人は、岩本が週刊誌に情報を流したと思っていますが……」

「それでですか？　滝沼未来はあなたを裏切った岩本さんが許せなかった。それで殺したと……？」

「いいえ、滝沼未来は聞いていたんですよ」

「聞いていた？」

僕はゆっくり頷いた。社長はとっさに天井に視線を移し、未来がいないか確認してから再び僕を見た。

自分の中にあった考えが、現実に起きているのだと確信していた。滝沼未来は、今も僕のすぐ側にいるのだろう。亡霊でもなければ人間でもなく、生霊として。

そう考えれば自宅に帰らなくなった僕を、何故未来が放っておくのかが説明できる。未来は僕を放って置いているのではない。僕のすぐ近くに存在しているのだ。滝沼未来の魂のみが、あの時交わした約束どおり、一時も離れず僕の隣にいるのだろう。拷問のような監視が、未来にとっては愛の形なのだ。

狭い室内に暗い声が木霊していた。未来の話を終えると、田中刑事に先日起きた岩本との出来事を詳しく語った。

「岩本が未来に殺された理由は、岩本が僕を裏切ったからじゃない。僕が小原いのりに乗り換えたと思っていた岩本は、はっきりと言葉にしてしまった。一般市民の冴えない女よりも、いのりを選んだ僕の選択は間違っていなかったと……。男なら誰しもがそう選択しただろうと。未来にとっては、自分の存在価値を否定された事よりも、僕にとってはいのりを選んだほうがメリットがあると言った言葉のほうを恨んだのでしょう」

「……それで岩本さんを？」

「未来は、僕を誰にも渡さないと言っていました。それどころか、僕に近寄る人間を酷く嫌っていた。いのりは僕に好意を抱いた、ただそれだけの理由で殺された。未来にとっては自分の世界を守るためなら人を殺す事など朝飯前だ……。そんな化け物みたいな女が、自分よりも他の女性のほうが僕に相応しいと言われたら、どんな行動に出ると思いますか……？」

言葉にすると、未来の恐ろしさを改めて実感する。田中刑事が重々しく口を開いた。

「何度も言いましたが、滝沼未来は横浜の病院に入院しています。昏睡状態で、意識のないまま。しかし、あなたが言っている事が現実に起きているのなら………」

「やめろぉぉぉぉぉぉぉ！！！　もうたくさんだぁぁぁあああ！」

突如社長の悲鳴が響き渡った。冷や汗でぐっしょり濡れている顔が、恐怖に打ちのめされている。両手で激しく頭を叩き、社長は叫び出した。

「俺がいったい何をしたんだぁああ！　俺に何の恨みがあるんだぁぁぁああ！　お前の女関係にどうして俺が巻き込まれなくちゃいけない！　あの化け物が岩本を殺しただって！　お前に関わっている人間を殺してるだって！　だったら……、だったら次は誰だ！　お前か！　それとも俺かぁぁぁ！」

「落ち着いて！」

僕に飛びかかった社長を、田中刑事が力ずくで引き離そうとする。しかし、社長は僕の胸倉を掴んだまま叫び続ける。

「お前のせいだぁぁあああ！　お前のせいで殺される！　俺も殺される！　あの女に！　あの化け物に！　あの悪魔に！！！」

「やめろ！　それ以上言うな！」

とっさに叫んだ。僕の推測どおり未来は僕のすぐ側にいる。社長の叫び声が大きさを増してゆくたび、背後から冷たい空気が強まるのを感じる。

「落ち着きなさい！　離すんだ！」

田中刑事が必死に社長を引き離そうとするが、社長はもの凄い力で僕に襲いかかる。ガタガタと震えながら怒り狂う社長を、僕は初めて見た。僕は罪悪感を何倍にも強めた。後悔と苦しみが胸を締め付ける。

「化け物を俺に近付かせるなぁ！　あの化け物に俺を殺させるなぁあ！　もうたくさんだ！　もう嫌だぁああ！　お前なんか！　おまっ……！」

社長の叫びが突如止んだ。見開いていた目がさらに大きくなり、ミチュミチュ……という生々しい音が聞こえ、……眼球が……飛び出し始める。

「未来っ！　やめろぉぉおおおぉぉぉぉおおおおお！！」

背後から漂っている不気味な空間に叫ぶ。社長の体が激しく痙攣を起こし始める。

胸倉を掴んでいた社長の手が、弱々しくなだれ落ちた。

ぶちっ……という耳を塞ぎたくなる音が響く。一瞬の出来事だった。社長の眼球は飛び出し、鼻から大量の血が流れ出す。激しい痙攣を起こしながら、僕に向かい何かを告げようと必死に動かす口だけが、パクパクと動いていた。

ぶ……ちっ……。

「やめろぉ！　やめろっ！　未来！　頼む！　やめてくれぇぇぇぇぇぇぇぇぇぇぇ！」

僕の叫びと共に、眼球が床に零れ落ちた。真っ赤な血を大量に流しながら、床に倒れこんだ社長は、一回ビクッと体を飛び上がらせると、動かなくなった。

「おいっ！　誰か来てくれ！　誰かいないか！」

田中刑事が廊下に向かい大声で人を呼ぶ。僕は目の前に倒れこんだ社長から視線を逸らせなかった。

耳、鼻、目からは生温かい真っ赤な血が流れ出している。右の眼球は血管ごと引きちぎられ、左目の眼球は鼻下まで垂れ下がっていた。

僕は、必死に社長を呼び続ける事しかできなかった。

「社長……社、社長！　社長ぉぉぉおおお！！！」

目の前で倒れた社長は、変わり果てた姿のままもう動く事はなかった。体が怒りに震え出す。憎しみ……、悲しみ……、怒り、後悔が胸の中に充満してゆく。

「どうして社長を殺すんだ！　どうして他の人を殺すんだぁああ！　皆がお前に何をした！　お前の目的は僕だろう！　だったら僕を、今すぐ僕を殺せぇぇ！」

「落ち着け！　落ち着きなさい！　誰か、誰か早く来い！！！」

絶叫する僕を田中刑事が押さえ付け、社長の残骸から遠ざける。

「未来！　聞こえないのか！　おいっ！　未来！　僕を殺したいんだろう！　お前の

目的は僕だろうがっ！　だったら殺せよ！　早く僕を殺せぇぇぇぇ！」

　腕を振り払おうと暴れる僕を、田中刑事はなおも力を強め、押さえ付ける。

「及川さん！　落ち着きなさい！　とにかくこの場から……」

「どうしました！」

　勢い良くドアが開かれ、駆け付けた警察官数名が変わり果てた姿の社長を見て息を呑んだ。

「田中刑事……こ、これは……！」

「説明はあとだ！　早くこの人をこの場から遠ざけろ！」

「でも……、コイツが犯人じゃ……」

「違う！　犯人じゃない！　説明はあとだと言っただろう！　私の言っている事が聞こえないのか!!」

「はいっ！」

　数名の警察官に押さえ付けられた僕は、無理やり部屋から追い出された。ドアが閉まる寸前、苦しみと恐怖にもがきながら死んでいった社長の姿が目に入った。心中に言い表せない怒りと憎悪が駆け巡っていた。

　しばらくの間、僕は数名の警察官と共に、鍵のかかった個室に入れられた。警察官は、誰一人として僕と口を利かなかった。警察官自身、いったい何が起きたのか理解できていないのだろう。しかし僕にとっては、まるで独房にしか感じられなかった。溢れ出す怒りが激しく体を震わせ続けていた。

――殺してやりたい！　アイツを……、滝沼未来を！　いのりや社長、岩本がアイツの手により惨殺されたように、僕自身の手でアイツを殺してしまいたい！

僕は生まれて初めて、殺意を抱いていた。激しく、強烈な殺意を……。

しばらくしてドアをノックする音がすると、田中刑事が姿を現した。

「ご苦労だったね。君達は通常の業務に戻りなさい」

「お一人で大丈夫ですか？」

二十代後半の若い警察官が小声で尋ねた。田中刑事は警察官に目をやると、深く頷き厳しい口調で「戻りなさい」と繰り返した。若い警察官たちは頭を深く下げ、急いで個室から出て行った。

「落ち着かれましたかな……？」

「………」

何も返答しない僕に、田中刑事は熱いコーヒーを差し出した。

「飲みなさい。少しは落ち着く」

コーヒーを受け取り、湯気が漂う熱いコーヒーをすすった。しかし張り詰めた緊張感は、和らぐ事などなかった。僕の様子をしばらく見守ると、田中刑事が切り出した。

「今、上の者に事情を全て話してきました」

「……捜査を始めてくれるのですか？」

「いや………、何しろこんな奇怪な事件は初めてでね……」

「どうしても警察は信じてはくれないのですね……。こんな事が起きても、警察は動いてはくれないのですね」

コーヒーを飲み込む。熱い液体が胃に流れてゆくのを感じる。

「そうは言っていない！　とにかく落ち着いてください。まだ話は終わっていない」

深刻な表情で僕を見ると、田中刑事は空になった紙コップに熱いコーヒーを注いだ。

「今までの奇怪な事件を、滝沼未来が起こした殺人事件として捜査する事は、警察としては絶対に無理だ。何しろ滝沼未来は何度も言うように、横浜の病院で昏睡状態のまま入院中だからね。そんな信憑性のない、あり得るはずがない事を事件として扱うのは無理だ。しかし、今度の事件は警察署内で起きた事件だ。私も一部始終を見ていた。社長である松本氏は、確かに何者かによって殺害されている」

「だから！　何度も言うように未来が犯人なんだ！　未来は今も僕の側にいる！」

叫ぶ僕を田中刑事は深刻な眼差しで見ると、ゆっくりと頷いた。

「私も今回ばかりは認めない訳にはいかない。現に私は以前、あなたの自宅であり得るはずのないものを見ている。今、上の者に単独捜査の許可を得てきましたよ」

「単独捜査の許可？」

思わず聞き返した。未来に関して警察が動くというのだろうか？　僕は田中刑事の目を見つめたまま、次の言葉を待った。

「ええ、警察が事件として公に捜査を行うのは、やはり無理だと言われました。しかし、署内で事件が起きてしまった以上、何もしない訳にはいかない。マスコミがこの事件を知るのも時間の問題ですからね。ですから、私が単独捜査を行い、今回の事件の手がかりを見つければ、もしマスコミに漏れたとしても現在捜査中と発表する事ができる」

田中刑事がため息を吐く。

「私はこの仕事をして長いがね、たまに警察という組織に疑問を感じますよ。市民の安全を守るのが警察の仕事のはずなんだが……。どんなに権力を持っていても、やはり世間体に縛られている。本当に苦しむ人を前にしても助けられない事も多い。皮肉なもんですな」

「田中刑事……、滝沼未来について、捜査を行ってくださるのですね？」

僕はじっと田中刑事を見た。田中刑事は僕の肩に手を置き、しっかりと頷いた。

「及川さん、私がこれから始めようとする捜査は、何一つ手がかりがない。手がかりがないどころか、どう捜査を行うべきか見当も付かない。かなりの危険も伴う。それを承知で、捜査に協力してくださいませんかな?」

「えぇ! 僕にできる事は全て!」

田中刑事は真剣な眼差しを僕に向け、再び深く頷いた。

別室に通され、未来と出逢うきっかけとなった夢の話から、未来を愛してしまった事、未来がムーンストーンを僕に贈りつけたFLYであった事、未来が急激に変化していったまでを再度詳しく語った。話す内容は全てが奇奇怪怪な出来事ばかりで、現実感に欠けるものばかりだった。しかし田中刑事は疑う気配もなく、僕の話に耳を傾けてくれた。

「そのムーンストーンとやらは、今も持っていますか?」

「……はい。何度か処分をしようと思ったのですが、いのりが殺されてから、処分する事ができなくなりました」

「それはどうしてですか?」

僕はお袋から貰ったお守りを取り出し、田中刑事の前に差し出した。

「怖かったんです。いのりの死を目の前で見ていて、いのりが死んでゆく姿を見ていて、怖かったんです。もしも僕がこのムーンストーンを処分したら次は何が起こるのか、未来の神経を逆撫でしたら、次はどんな恐ろしい事が起こるのか。そう考えると怖くて処分ができませんでした」

目から溢れた涙は止まる事なく、次々に頬をつたっていった。悔しさを噛み締める。

「僕が殺したも同然です。僕が、皆を巻き込んでしまった……」

泣きじゃくる僕の手から田中刑事はそっとお守りを取ると、石を取り出した。

ムーンストーンはどす黒い渦を巻きながら、冷ややかなオーラを放っていた。

「及川さん、これを処分しなかったのは、今となっては幸いです。滝沼未来を調べ出す手がかりになるかもしれませんからな」

田中刑事はゆっくりと席を立ち、小窓から外を眺めた。薄暗くなっている空は、何故か悲しげに見え、僕の心を映し出しているように感じた。

「私は明日、滝沼未来が入院している横浜の病院まで行ってみます。滝沼未来の容体など、その他にも調べなくてはならないのでね。及川さん、それまであなたはホテルにでも泊まっていてください。あなたは身を隠していたほうがいいでしょう」

「いえ、僕も行きます！」

「それは駄目だ。これはあくまでも警察の仕事だ。先程も申し上げたとおり危険が伴う。一般人のあなたに捜査を行わせる訳にはいかないのですよ」

「でも！　さっき、僕に協力してくれとおっしゃったじゃないですか！」

「それとこれとはまた別だ！　滝沼未来が今どんな状態なのかも分からないまま、あなたを連れてゆく訳にはいかない！　第一もしあなたを連れていったところで、滝沼未来が大人しくなると思いますか？　逆に滝沼未来はもっと力を増すかもしれない！　関係のない人を巻き込む恐れだってあるんだ！　これ以上、私は被害者を出したくないんですよ！」

　田中刑事は僕に携帯番号を書いたメモを差し出した。僕も急いで自分の携帯番号を書き、田中刑事に手渡した。

「何か分かったらすぐに連絡しますから。あなたの気持ちも解るが、あなたは少しの間静かに身を隠していてください。それが一番いいんです。この石は私が預かっていてもよろしいかな？」

　田中刑事はそう言うと、力強い笑みを浮かべた。自分で動けない悔しさを押し殺し、僕は浅く頷いた。

二〇〇五年一月十五日

田中刑事に指示されたとおり、僕は都内から少し離れたビジネスホテルへ身を隠していた。

　テレビを点けると、ワイドショーは僕の話題でもちきりだった。付き人である岩本の突然死や、社長の死がマスコミに漏れ、週刊誌で報じられたとおり【新人俳優及川勇斗・死を招くジンクスは本当だった！】という見出しが付けられ、どの番組でも僕をまるで疫病神とでも言いたげな口調である事ない事を語っていた。

田舎の両親に一度電話をかけたが、親父からもお袋からも涙声で『帰って来い！』と何度も繰り返し説得された。僕自身、親父とお袋の声を聞き帰りたいというのが本音だったが、帰る訳にはいかなかった。もしも僕が今実家に帰ったら、親父やお袋にまで危険を与えてしまう。未来は確実に今も僕の側にいるのだから……。

しかし、未来が僕の前に姿を現す事は一度もなかった。未来がどういうつもりなのか、いったい何を企んでいるのか、僕には何も理解できなかったが、僕が誰とも関わらずに身を隠していれば罪のない人間が死ぬ事はないと思っていた。いのりの死、岩本の死、社長の死……。思い出したくなくても三人の殺されてゆく姿が目に浮かぶ。これ以上人が死ぬのは嫌だった。関係のない人を殺すならば、いっそ僕を殺してくれ……。そう未来に向かい何度も呟いた。でも、今もすぐ側で僕を監視し続けているはずの未来は、僕の望みを受け入れてはくれなかった。未来が僕のすぐ側で、行動全てを監視している事は明確だった。

田中刑事からの連絡はまだなかった。田中刑事が単独捜査を行ってから五日が過ぎようとしていた。何度か携帯に電話をかけてみたが、『おかけになった電話は、電波の届かない所にあるか、電源が入っていないためかかりません』というお馴染みのアナウンスが流れるだけだった。アナウンスを繰り返し聞くたび、僕の心に不安が募った。

――田中刑事に何かあったのでは……。

行動を許されない現状が、憎くて仕方がなかった。

翌日、携帯電話の着信音が耳に入った。携帯電話に飛びつく。

「もしもし！　田中刑事ですか！」

『あぁ、及川さん、連絡が遅れてすまなかったね』

電話越しに疲れ果てた声が聞こえる。田中刑事が無事だった事に安堵し、胸を撫で下ろす。

「何か分かりましたか？　未来は、滝沼未来は間違いなく病院にいるんですか？」

急き立てる僕に、田中刑事はゆっくりと返答した。

『私が調べてみたところ、滝沼未来は間違いなく昏睡状態のまま入院しています。現に私もこの目で確認してきました。ただ、少し奇妙な噂が流れておりましてな』

「奇妙な噂？」

『ええ、電話では何ですから、詳しい事はお会いしてお話ししましょう。明日署に戻ります。お手数ですが足を運んでもらってもいいかね？』

「構いません。伺います」

『では、明日の午後二時に署で落ち合いましょう』

そう述べ、田中刑事は電話を切った。奇妙な噂が何であるのか、残酷な想像ばかりを巡らせた。

二〇〇五年一月十七日
お台場警察署に着くと、若い刑事が僕を迎え入れた。

「及川勇斗さんですね？」

「はい」

「田中刑事から話は聞いています。私は田中刑事の部下で三条《さんじょう》と言います。会議室にお通ししておくよう指示を受けていますので、付いて来てください」

穏かな口調でそう言うと、三条刑事は僕を会議室まで案内した。日の光が射し込む廊下はざわざわと忙しなく人が行き来している。三条刑事が話を始めた。

「今回の事件は私も詳しく聞いています。何しろ署内で起こった事件ですからね。私はこの仕事に就いてまだ間もないですが、あなたが無事で良かった」

僕の顔を見て、三条刑事が笑顔を向けた。

「私は市民の安全を守るため、また凶悪な犯罪者達を捕まえるため刑事になりました。どんなに小さな事件でもどんなに小さな犯罪でも、私は絶対に許さない。ましてや今回のような事件はなおさら……。罪もない人間が三人も殺害されてしまった。あり得るはずのない出来事だとしても、本当は、警察組織が徹底的に捜査をするべきなんですよ」

悔しそうな顔をしながら、三条刑事は唇を噛み締めた。

「しかし、及川さん、あなたは安心していていい。田中刑事は私がもっとも尊敬する刑事ですから」

再び僕に笑顔を向ける。田中刑事の部下らしい人物だと思った。きっと警察内のお偉いさん方にしてみれば、三条刑事は現実を受け入れない甘ちゃんでしかないだろう。しかし、僕は三条刑事のような考えを持った警察関係者が、もっとたくさんいてくれたら良いのに、とそう思った。

三条刑事は僕を会議室に通すと、僕を再度励ましてくれた。

「大丈夫、安心していいですよ。田中刑事は必ず事件の真相を暴いてくれる」

力強い三条刑事の眼差しは、不思議と僕を安心させた。僕は深く頷いた。

しばらくすると疲れきった顔の田中刑事が現れた。無精髭が目立ち髪はいつもよりボサボサに乱れていた。

「申し訳ない。ずいぶんと待たせてしまったみたいですな」

コートを脱ぎながら田中刑事が言った。

「滝沼未来は本当に意識不明だったのですか？」

挨拶もそこそこに田中刑事に問う。田中刑事は頷くと、いつもより深刻なオーラを放ちゆっくりと腰を下ろした。

「昨日も申し上げたとおり、滝沼未来は昏睡状態のままでした。この目で確認している。しかし、もうあり得るはずがないなどとは言ってられません。滝沼未来はあなたの自宅で私に襲いかかった女である事に間違いない」

「じゃぁ！　滝沼未来を捕まえてくださるんですね！」

「いや、それはできません」

田中刑事が断言した。困惑しながら、僕は田中刑事の話を聞いていた。

「及川さん、何度も申し上げるとおり、滝沼未来は昏睡状態のままです。滝沼未来が健康でこの世に存在しているのなら、小原いのりさんが殺害された時点で逮捕されたでしょう。現に小原さんの頭上に落ちた照明コードから、滝沼未来の指紋までもがはっきりと検出されていた事が新たに判明した。しかし……」

田中刑事は充血した目を軽く擦り、乱れた髪をいじくった。

「いのりが殺害された時、滝沼未来はすでに昏睡状態に陥っていた……、そう言いたいのですね？」

「ええ、そのとおりです。警察は逮捕状のない人物を逮捕するわけにはいかない。ましてや、事件が起きた時期、すでに昏睡状態である人間を逮捕するなんて百パーセント無理ですね。滝沼未来は、動けるはずがないのですから……」

「でも！　滝沼未来は確実に出現している！　現に田中刑事も認められているじゃないですか！」

　田中刑事は興奮している僕をなだめるように話を続けた。

「及川さん、落ち着いてください。この事件は全てが謎に包まれた事件なんです。何度も言うが、あり得ない出来事なんです。しかし、そのあり得ない出来事が、今現実に起きているのも事実だ。滝沼未来について情報も得られた。しかしね、情報が集まれば集まるほど、謎ばかりが深まってゆくのですわ」

「謎ばかりが深まる？　どういう事なんですか？　いのりや岩本や社長を殺害したのは、紛れもなく未来だと断定できたのではないのですか？」

「私の推測では、三人を殺害したのは滝沼未来だと言えるでしょう。少なくとも三人とも事故死ではない。それだけは断言できます」

　たしかに、僕に付きまとい三人もの命を奪ったのは未来の肉体ではない。未来自身、未来の魂だ。未来の心なんだ。肉体を動かさなくても未来は今も僕の隣に存在し、僕を監視し続けている。たとえ未来を逮捕し肉体を押さえ付けても、現状は何も変わらない。未来の魂が、いや……、執念が消え去るまで。

田中刑事はテーブルの上に、ハンカチで包んだ小さな石を置いた。小さな石は淡いブルーの光を放ち、何処か寂しい印象を与えた。

「これは……何ですか？」

「見覚えはないのですかな？」

田中刑事が僕に問いかけた。今にも泣き出しそうな悲しい印象の石を手に取り、まじまじと眺めた。……が、記憶上この石に出会った事はなかった。

田中刑事は単独捜査で得てきた情報、滝沼未来について新たに深まった謎、電話で僕に話した奇妙な噂について話し出した。その話のどれもが、僕が想像していたものより遥かに奇怪であり、背筋が凍りついてゆくのを感じずにはいられなかった。

「白浜総合病院で滝沼未来の話を尋ねると、大半の看護師が怯えた顔をしましてね。気になり詳しく話を聞くと、病院内で滝沼未来を恐れていない者はいないと言うのですわ」

「未来は病院内でも姿を現すのですか？」

「いえ、そうではありません。滝沼未来は二十四時間、ベッドの上で身動き一つしない。ある事を除いては……」

「ある事？」

「病院に勤務する看護師の話によると、滝沼未来は夜な夜な目を見開き不気味な笑みを浮かべると言うのですわ。最初は昏睡状態から抜け出したものだと誰もが思い、発見した看護師は即座に医師を呼びに言った。しかし、医師が声をかけ診察を行っても昏睡状態から抜け出したという診断結果は得られなかった。幾度も検査を繰り返したが、昏睡状態から抜け出したとは考えられないと……」

「と、いう事は……」

「ええ、滝沼未来は昏睡状態に陥ったまま、できるはずがない行動を起こすと言うのです」

「未来が仮病を使っている可能性はないのですか？」

「それは絶対に無理でしょう。今の医学の進歩はすごい。繰り返される検査に、健全な人間が昏睡状態を演じ医師がそれを見抜けないはずがない。私は医者じゃないので昏睡状態がどのような病状なのかは分からないが、担当の医師も診断結果に間違いはないと断言していますわ」

言葉を失う。田中刑事が話を続ける。

「看護師や病院関係者に詳しい話を尋ねたところ、ある事が分かりました。あなたからお預かりしたあの石とやらの正体です」

「正体？　これはムーンストーンではなかったんですか？」

「及川さん、私が今あなたの前に置いた石と、あなたからお預かりしたこの石は、元は同じ色だったのですよ。そしてこれは、長年同じ物に付いていた石です」

そう言って、僕が預けた黒い石も取り出した。

「付いていた？　どういう事なんですか！」

「この二つの石は、滝沼未来の私物にくっ付いていた物です。滝沼未来の宝物に」

鼓動が高鳴る。田中刑事が明かす未来の謎は、一つ聞くたび僕の心臓を鷲掴みにする。深まっていた謎の数々が一つ解き明かされようとしていた。僕が未来であるＦＬＹから貰い、一時も離せず持ち歩いていた物はムーンストーンではなかった。田中刑事は僕がムーンストーンだと思い込んでいた石の正体を明かした。

「この二つの石は、滝沼未来が最も大切にしていた人形の目です」

「目⁉」

「ええ、滝沼未来の病室に両目がくり抜かれた人形が置いてありました。このブルーの石は滝沼未来の左手にしっかりと握りしめられていましたよ。私があなたからお預かりしていたこの真っ黒い石を人形の目に当てはめたところ、ぴったりと一致しました。滝沼未来が握りしめていたもう一つの石を拝借し同じように当てはめたところ、こちらもぴったりと入り込みました」

「間違い……ないのですか？」

「間違いないでしょう。念のため担当の医師に尋ねたところ、たしかにこの人形にはこの石が付いていたと証言されましたし。ただ、医師が異常なほどに怯えているので訳を聞くと、この人形は曰く付きの人形だと言いましてな。何でも呪われた人形だと」

「呪われた人形？」

未来から逃れられる方法はただ一つ。未来が僕から未来自身の意志で離れてくれる事しかない。それにはまず、未来の正体や謎を全て解き明かすことが必要だ。そうしない限り、僕は永遠に未来から離れられない。

平常心でいるふりをしながら田中刑事の話を聞いていた。田中刑事は単独捜査で得た全ての情報を語ってくれた。

田中刑事が得た情報によると、未来が大切な宝物として扱っていた人形はとても高級なフランス人形であり、アンティーク好きの母親がかつて未来にプレゼントした品だという事。四度目の自殺未遂を起こし病院に運ばれた時、切り刻まれた左手首から多量の血を流しながらもしっかりと人形を抱きしめ『また死ねなかったね』と語りかけたという事だった。そして……。

田中刑事はテーブルに置かれた人形の両目をハンカチに包むと、最後の情報を僕に伝えた。

「看護師に聞いた話によると、滝沼未来は人形に向かいあなたの名前を呼び続けていたと言います」

「僕の名前を？」

「はい、人形に語りかけるように、何度も何度も繰り返し同じ言葉を呟いていたと……。『大丈夫、心配しないで。今度は失敗しないで上手くやるから。そうすれば私は永遠に勇斗くんの側にいられるもの。それが私のゴールなの』そう繰り返していたそうです」

「永遠に側にいられる……？」

——僕に辿り着くのがゴール……？　なら、未来は……。

強烈なショックだった。目の前が暗闇に閉ざされてゆく……。僕に辿り着くのが未来のゴールだったならば、ゴールに辿り着いてしまった未来はどうするつもりなのだろう？

僕に辿り着く事が未来のゴールならば、ゴールを手にした未来は何を求めるのだろうか？　きっと、そのゴールを手放さないように必死に守り続けるのではないか？肉体を捨ててまでも得たかったものが僕ならば、未来は僕を絶対に手放さないだろう。抑圧に満ちた束縛の嵐を愛と勘違いしたままに、僕を永遠に……。

絶望感が込み上げる。言い表せない恐怖や憎悪が、全身に充満する。

田中刑事は脱いで置いてあったコートから煙草を取り出すと、ライターで火を点けた。吐き出した白い煙がもくもくと宙を漂う。極限状態に追いやられた僕に、田中刑事は険しい顔付きで言った。

「滝沼未来を逮捕するのは無理だが、滝沼未来が無秩序型の犯罪者であるという事だけは明白ですな」

「無秩序型？」

「ええ、無秩序型です」

田中刑事は内ポケットから警察手帳を取り出し、テーブルに広げると、図を書き説明を始めた。

「犯罪者は二つのタイプに分類されるのですがね、一つは秩序型です」

手帳に書かれた〝秩序型〟の文字を、赤ペンで囲う。田中刑事は説明を続けた。

「秩序型の犯罪者は、ある程度筋道の通った行動を起こすんですよ」

「筋道の通った？」

「ええ、つまり、秩序だったやり方で犯行を行ったり、また、犯行を行ったあと自分の身元に関する手がかりを残さないように、指紋を拭き取ったりするタイプの犯罪者を秩序型の犯罪者と言うんです」

田中刑事は一呼吸置き、隣に並んだ文字を指した。

「もう一つの無秩序型ですがね……。無秩序型の犯罪者は、我々が持つ通常の基準から見て、まるで論理的でない行動をとるんですわ」

テーブルに開いてあった手帳を閉じると、田中刑事はため息を漏らした。深いため息だった。

「私はね、その話を聞くまで滝沼未来はある意味被害者だと思っていたのですよ」

「未来が被害者？」

思いもしなかった言葉に驚き、オウム返しをした。田中刑事はフィルター部分まで吸い上げた煙草を消した。

「前にも話しましたが、滝沼未来は重度の鬱病に冒されていた。滝沼未来の過去を調べ上げれば上げるほど、滝沼未来が精神のバランスを崩してしまったのも当然だと納得する。私は滝沼未来に同情さえしましたよ。しかしです、滝沼未来と同じく心に病を持っている人間はいくらでもいる。それでも皆頑張って生きてますわ。四苦八苦し、もがきながらも懸命にね。しかし、滝沼未来は逃げてしまった。生きる事に逃げただけじゃない。滝沼未来は、人間にとって失ってはいけないものをあえて自分から捨て去った。希望と理性をね」

「希望と、理性……？」

「ええ、あなたを手に入れたいがために滝沼未来は生きる希望を捨てた。そして、自ら肉体を捨て希望を失った感情、言わば心だけが残った。念願のあなたを手に入れた滝沼未来に残るものは、及川さん、あなただけだった。そして滝沼未来はあなたを失わないために自ら理性を捨て去った。理性さえ捨ててしまえばあなたを失わないためならば何だってできると、そう考えたのでしょう」

田中刑事は苛立った口調で話を続けた。

「希望と理性を失った滝沼未来の心は化け物と化していった。殺人さえ易々と行うことができる。いや……、滝沼未来は思うがままに事が運ばないと暴れまくり、自分の欲望を満たそうとする知識の詰まった大人の赤ん坊ですよ」

「知識……の詰まった……大人の赤ん坊……」

「ええ、何が善で何が悪かを知りながらあえてそれを捨て去り、自分の思うがままに行動する。他人の気持ちなど滝沼未来には関係ない。自分の世界を守るためならば何だってする！　自分の世界を守れればそれで良い！　誰が死のうと苦しもうと！　滝沼未来が恐れているのは、あなたを失う事だけだ！　でも……」

「でも……？」

言葉を呑み込んだ田中刑事に聞いた。田中刑事は少し悲しそうな目をし、窓の外に視線を送った。

「でも、一人苦しんでいた滝沼未来の過去に……やはり悲しくなるんですよ」

「……悲しく？」

田中刑事はそう語ると、上着のポケットから古ぼけた写真を取り出しテーブルに置いた。

「息子です。六歳の時に誘拐されましてね……、無秩序型の犯罪者による犯行で殺されました。幼稚園の卒園式を翌日に控えた日だった」

写真には、はにかんだ笑顔を浮かべる男の子が写っていた。どことなく口許が田中刑事に似ている。田中刑事は写真を手に取ると上着のポケットへしまい込んだ。普段の大らかさが消え、唇をぎゅっと結ぶ田中刑事からは無念の気持ちが痛いほど伝わって来た。

「私はね、警察という組織を恨み続けてきました。何の罪もない我が子の命を無残にも消し去った犯人さえ捕まえられない、そんな警察という組織をね。私は減るどころか増えてばかりゆく犯罪者の中で、最も許せないのが殺人犯なんですよ。己の感情のみで善悪を決め、あらゆる知識を振り絞り計画を実行する。自らが神になり、罪のない人間の命を奪う！　それも己の自分勝手な理由のみで！　そういう犯罪者を私は決して許さない」

憎しみなのか、悔しさなのか……、それとも悲しみなのか……、田中刑事は眉間に皺を寄せたまま僕に語った。

「僕も同じです。決して許さない！　アイツを！　滝沼未来を！」

重苦しい空気を取り払うように力強く声を発した。田中刑事が僕に言う。

「及川さん、滝沼未来から逃れられる道が見つからない訳じゃない。捜査はまだ始まったばかりだ。この先きっと、あなたが救われる道が開かれてくる」

そう言うと、田中刑事は僕の肩に手を置いた。その厚みのある手からは、力強い温かさが伝わってきた。僕は田中刑事の目をじっと見つめ深く頷いた。絶望に縛られた感情が解き放たれた気がした。

僕は田中刑事を真っ直ぐに見据え、揺るぎない決意を口にした。

「僕も逢いに行きます。存在する、本物の滝沼未来の肉体に……」

「それは駄目です！」

田中刑事は慌てて反対した。僕は肩に置かれた田中刑事の手を強く掴み、反対する田中刑事に激しく訴えた。

「お願いします！　もしも本当に未来から逃れられる道があるならば、僕自身が見つけなくてはならない！　危険なのは百も承知です！　だけど、未来の心は今も僕のすぐ側にいるんです！　僕はどんなに安全な場所に隠れていても、未来から逃れる事なんてできない！　いつ殺されたっておかしくない状況にいるんだ！　だったら、僕は自分で生きる道を探し出したい！　未来から逃れられる道を見つけたい！」

田中刑事が首を横に振る。僕は田中刑事の手を掴んだまま強く訴え続ける。

「田中刑事！　僕は決して許せないんですよ！　あなたが息子さんを殺害した犯人を

許せないように、いのりを……、三人を惨殺した滝沼未来を、僕は決して許せない！　僕は闘う！　たとえ命がなくなるとしても、僕はアイツと闘う！　いや、闘わなくてはならないんです！　僕が僕である限り！」

「しかし！　あなたが自ら行動を起こしたら、滝沼未来がどのように感じるか……。あなたが自ら行動する事で、滝沼未来の神経を逆撫でする危険もあるのですよ！　命を落とす事にもなりかねない。そんな事になったら……」

　田中刑事は困り果てた顔をし、必死に訴える僕を見ていた。しかし、何が何でも引き下がる訳にはいかなかった。未来から逃げられる道を切り開くには、僕自身が未来の心と闘わなくてはならない。人として、生きてゆきたいのであれば……。

　激しい訴えに、田中刑事はもう何も言わなかった。黙ったまま一度浅く頷くと、僕の肩を叩き、これだけは、と言って忠告した。

「あなたの気持ちは分かります。しかし、決して一人で解決しようと思わないでください。あなたが一番分かっているとは思いますが、我々は今奇怪な世界に足を踏み込んどるのですよ。あなた一人の力でどうこうできる問題ではない。これだけは約束してください。〝一人では絶対に行動しない〟と！」

　懇願するような口調だった。一人で行動しない事を約束し、お台場警察署をあとにした。

未来を憎む気持ちは変えられなかったが、自分の無能さに情けなくなっていた。一時でも未来と愛し合い、共に暮らしていた日々で、どうして僕は未来の苦しみに気付いてあげられなかったのだろうか……。たとえ共に生活していたのが未来の生霊であったにせよ、いや、心だったならなおさら、未来は僕に助けを求めていたのではないだろうか？　それは、とても些細な会話の中に含まれていたかもしれないのに。もしも僕が、未来の放つＳＯＳに気付いてあげる事ができていたなら、こんな事態にはならなかったのではないか？　男として情けなかった。もう二度と未来を愛する事はできない僕だけれど……。

この時の僕は田中刑事の言葉どおり、未来から逃れられる道が見つかる気がしていた。

そう信じていたかったんだ。

Ⅻ出口なき迷路

二〇〇五年一月二十日
僕は未来の肉体が眠る横浜の白浜総合病院へ向かった。

僕が一人で行動する事を恐れ、田中刑事は部下である三条刑事に僕の護衛を任せた。

三条刑事は嫌な顔一つ見せずに僕の護衛を引き受けてくれた。

「あそこが白浜総合病院です」

三条刑事が巨大な白い建物を指差した。

「滝沼未来は３Ｆの脳外科病棟に入院しています」

背筋をピンと張った三条刑事のあとに続き、僕は病院内に入った。

病院内は閑散としていて、腰の曲がった老女以外、患者らしい人影は見られなかった。受付の女性は雑誌をペラペラと捲るたび腕時計を眺めている。余程退屈らしい。

「脳外科病棟に入院している、滝沼未来さんの病室を知りたいのですが」

三条刑事に声をかけられると、受付の女性はハッとし雑誌を閉じた。

「滝沼……さんですか？」

「はい、滝沼未来さんです」

受付の女性が怪訝そうな表情を浮かべた。

「面会はできないのですか？」

三条刑事が急かした。

「できると思いますが……、ちょっと待ってください。確認を取りますから……」

そう述べ、女性は僕らに背を向け奥へと消えていった。

「未来は面会謝絶なんですか？」

女性の対応を不思議に思い三条刑事に尋ねると、三条刑事は軽く首を横に振った。

「面会自体が珍しいのですよ」

「面会自体が？」

「ええ、滝沼の面会がね。先日田中刑事が滝沼未来のもとへ訪れた時、主治医の医師に言われたそうです。『滝沼さんの面会へ訪れたのはあなたが初めてだ』と……」

「初めてって……、未来の家族は誰一人面会に来ないのですか？」

驚き問いかける僕に、三条刑事はゆっくりと頷いた。

「滝沼未来の家庭はかなり複雑でしてね、両親が離婚してから数年後、父親は行方不明でして。母親は銀座でスナックを経営していますが、娘にはまるで興味がなくて、滝沼未来が昏睡状態に陥ったのをいい事に、今では母親という肩書きを捨て女として第二の人生を満喫しているようです」

　ため息混じりに話し終えると同時に、受付の女性が戻る。

「確認が取れました。面会しても大丈夫との事です。滝沼さんは3Fの318号室に入院されています」

「主治医の先生からもお話をお聞きしたいのですが、可能ですか？」

「さぁ？　私は受付ですから。詳しい事は3Fでお聞きください」

　曖昧な応対をし、受付の女性は席に腰を下ろした。再び腕時計に視線を移す。

「行きますか」

　三条刑事は一言そう述べ、エレベーターに向かい歩き出した。未来の肉体に対面する時がきた。複雑な感情が高まってゆく。エレベーターを待つ間、心中に駆け巡る、憎悪を交えた緊張を静めなければと必死だった。

　3Fの脳外科病棟は、予想以上に静かだった。病院と言えば看護師が忙しく走り回っているという印象を持っていたが、看護師の姿は何処にもなく、廊下を歩くたび医療機器であろうピッピという音やシューシューという音だけが聞こえる。

「病室に向かう前に情報を得ましょう」

　三条刑事は受付の女性に言われたとおり、ナースステーションに向かった。ナースステーション内では二十代前半の看護師が何やら作業を行っていた。

「318号室に入院されている滝沼未来さんについてお話をうかがいたいのですが」

ガチャンッと医療器具が床に落ちた。看護師が恐る恐る僕らのほうへ振り返る。

「……滝……沼さんです……か?」

看護師の顔が一瞬にして蒼白になる。まるで、未来の名前を聞く事さえも恐れているように感じた。

「あの、ど……ういったご用件で?」

弱々しい口調で聞き返す顔は、やはり恐怖に染まっている。

「私はお台場警察署の三条と言います。最近、滝沼未来さんの病状に何か変化はありませんでしたか?」

三条刑事はスーツの胸ポケットから警察手帳を取り出し、看護師の前へ差し出した。

看護師が顔を強張らせたまま言った。

「……少々お待ちください……。今、内線で主治医を呼びますから……」

俯いたまま僕らを見ようともしない。〝関わりたくない!〟そう思っているのが手に取るように分かる反応だった。

僕と三条刑事は主治医を待った。辺りを見回すと、廊下の奥に318号室と書かれた病室が見える。鼓動が激しく音を立て高鳴る。未来は……、滝沼未来はあそこにいるのだ。駆け出し、未来に繋がれているであろう医療装置を全て取り払ってしまいたい気持ちを押し殺す。

しばらくすると、白衣に身を包んだ若い医師が現れた。

「すみません、お待たせしてしまいまして……。有良《ありよし》と申します。あの、警察の方とお聞きいたしましたが？」

「はい、本日は突然に申し訳ありません。私はお台場警察署刑事課の三条と申します。今日はちょっと滝沼未来さんの件でお話が……」

「だいたいの事は察しが付きます。この間も別の刑事さんがこちらにいらっしゃいました」

三条刑事の話を聞き終えないうちに有良医師が言った。眼鏡が良く似合う、いかにも医者らしいイメージの男だ。

「そうですか、では単刀直入にお聞きしますが、滝沼未来さんに最近変わった事はありますか？」

「変わった事ですか……。変わった事は……、いや、あの」

有良医師が言葉を詰まらせる。

「ここでは何ですから……」

そう言い、有良医師は僕らを別室に案内した。

不気味なほど静かな病棟を歩き、医療器具や医療器械が並べられた部屋に通される。

有良医師はカップにコーヒーを注ぎ、僕と三条刑事に手渡した。

「滝沼さんの病状は何の変化もありません。ですが、いくら検査を行っても異状は見られないのに……」

「目が見開く事が多々あるとお聞きしましたが……」

言葉を詰まらせている有良医師に三条刑事が切り出した。

「はい、こんな事はあるはずがないのです。滝沼さんは昏睡状態ですから。初めは何かの拍子に開いてしまったのだと思い、看護師が目を閉じさせたんです。しかし、何度も何度も同じ事が繰り返されましてね。今では看護師達も気味が悪いと恐れてしまっているのが現状でして……。患者を恐れるなんて、あってはならない事なのですが……」

「その他に何か変わった事は？」

三条刑事が問うと、一瞬にして有良医師の顔色が変わった。どう見ても怯えている様子にしか見えない。僕は息を呑み、有良医師の言葉に耳を傾けた。

「それが……、あの、これはぜひともご内密にお願いします。私どもの病院にとっても、これが噂になって流れでもしたら、とんでもないマイナスイメージを被る事になりかねないので……」

「分かっています。警察は捜査内容を世間に公表する事はいたしませんので。安心して全てお話しください」

三条刑事がキッパリと言った。有良医師は詰まらせていた言葉を、ゆっくりと吐き出した。

「先日、刑事さんが滝沼さんが握っていた人形の目を持って行かれました。……その、その夜から、滝沼さんは両目をしっかりと見開いたまま、決して閉じなくなってしまいました。まるで、硬直しているように。今までは右目だけが見開かれていたのですが、あの夜からは……両目を見開き続けています」

「今まではって……、今までは右目だけが見開かれていたのですか？」

背後から冷たく……重苦しい空気が漂う。滝沼未来という化け物の異常さに吐き気がする。有良医師に尋ねる。

「先日来た刑事が持っていったのは……、人形の……どちらの目でしたか？」

有良医師が重い口を開く。

「……左目です。あの人形は曰く付きの人形と噂されてたし、やめたほうが身のためだと忠告はしたんですが……」

「今までは右目が。人形の左目を持って行ってから、滝沼未来は両目を……見開き……続けている……？」

「ええ、そうです。まぁ人形の目と滝沼さんの病状は一切関係ないでしょうけど。何しろ刑事さんが人形の左目を持って行かれた直後に滝沼さんに異変が起きましたもので……。我々としても少々気味が悪くなってしまいまして……」

胃に入っているものが逆流する感覚に、僕は思わず口を押さえる。

——田中刑事が持ってきたのは左目。未来であるＦＬＹから送られて来たのは右目。未来は、未来はやっぱり計画的に僕の前に現れたんだ！！

衝撃の事実に言葉を失う。

——未来は僕を狙っている！　僕だけじゃない！　未来の世界を破壊しようとする者全てを、あの女は殺してゆく！

別室を出た僕は、ただ一点を見つめていた。廊下の奥に見える三一八号室が、僕を手招きしているかのように思えてならなかった。標的であるこの僕を待ちわびているように……。

「及川さん、病室に行きましょう」

三条刑事が言った。体内にコンクリートの雨が降り注いでゆく。

「及川さん、いいですか？」

僕は黙って頷いた。もう逃げるわけにはいかない。アイツが、あの化け物が存在する限り。三条刑事の背中を追い、未来の病室に足を踏み入れた。

消毒液の臭いが鼻をさす。病室の中には幾つもの医療機器が並んでおり、そこには横たわっている未来の肉体があった。

　幾つもの医療機器に囲まれ、腕には何種類もの点滴が繋がっている。顔は青白く、両目はしっかりと見開かれていて、唇は青白く変色していた。全身は骨と皮で、目を覆いたくなる姿だが、僕の前に初めて現れた時の未来の面影が残っていた。

「例の人形とやらは？」

　三条刑事が問いかけた。有良医師は、人形がある方向を指差した。

「……う……うぁあああああ！！！」

　有良医師が突如叫び出す。

「どうしたんですか！」

　三条刑事が問う。有良医師は顔を強張らせながら、未来の肉体を指差した。未来の肉体は、微塵たりとも動いてなどいない。

「何なのですか？」

　三条刑事が再び有良医師に問いかける。有良医師は青ざめたまま、人形を指差した。人形は未来の右手に強く握られたまま、抉り取られた両目を陥没させ奇怪な笑みを浮かべている。

「こんな、ま……まさか、こんな……」

　未来の右手にしっかりと握られている人形を見て、有良医師があとずさりをする。

「どうしたというのですか？　説明してください！」

　三条刑事が鋭い口調で言った。有良医師はガタガタと震えながら、しどろもどろに答えだした。

「さっき、さ、さっき検診に来たばかり……なんだ！　その時は……、人形は、べ、ベッドの横にあったんだ！　私が出て行ってから誰一人この病室に入って、は、入っていない！　なのに何で、何で、人形を握りしめているんだ！　動けるはずがないんだぞ！　この患者は動けるはずがないんだ！　なのに……な、何で！　呪われている！やっぱりこの患者は、この人形は、の、呪われてるんだぁああ！」

「落ち着きなさい！　落ち着くんだ！」

　三条刑事が有良医師に近付く。有良医師は甲高い声で叫んだ。

「出てってください！　今すぐにっ！　私はもう全部お話ししたはずだ！　他に話す事は何もない！　これ以上私を巻き込むな！　これ以上巻きこむなぁぁあ！」

　力が抜け、立てなくなった体で這いずりながら、有良医師は病室から逃げ去るように出て行った。

「及川さん、とりあえずこの場を離れましょう。今、田中刑事がこちらに向かっているはずだ。田中刑事と落ち合い、対策を練りましょう」

「えぇ」

三条刑事に言われ、病室を出る。背後で横たわる未来の肉体が、僕を見つめているのが分かる。広いロビーに着き、長椅子へ腰をかける。

「どうぞ」

三条刑事から差し出された缶コーヒーを手に取り、熱い液体を胃に流し込む。突如、携帯の着信メロディーが響いた。急いでディスプレイを見ると、〝自宅〟と表示されている。閑散とし、静まり返ったロビーに、うるさいほど着信メロディーが鳴り響く。

「出たほうがいい」

三条刑事に言われ、僕は通話ボタンを押した。

「も、もしもし……？」

『勇斗ぉ、あぁーんた今何処にいるが？　アンタん家来てるのにアンタはいないは、お父さんとどうしたもんだって困ってんだよぉ！』

「お袋！」

病院のロビーに僕の声が響いた。

「家に来てるって、部屋の中にいるのかよ！」

『あぁー、だってアンタがいないからさぁー、中には入れないと思って帰ろうとしたのさぁ、そうしたら中から女の子が出て来て入れてくれたわよぉ。アンタ、いっちょ前に彼女なんてできてたんだねぇ』

胃が捩れ出す。震える手で持つ携帯が今にも掌から零れ落ちてしまいそうだ。

「女って……、女ってどんな女だ！　早く家から出ろ！　その女に近付くな！　早く！　早く逃げろ！」

『なぁにを馬鹿な事言ってんだねこの子は！　親切ないい人じゃないの！　未来さんに失礼な事抜かすんじゃないよ！』

一瞬……呼吸が止まった。

「！！！　未来っ！　お袋！　頼むから今すぐそこから逃げてくれ！　あいつは……、その女は化け物だ！　早く！　早く親父と一緒にっ！！！」

『こら！　アンタなんて事言うのぉ！　アンタみたいなどうしようもない子の面倒を見てくれている人に対して、なんて事言う！』

受話器からかすかに未来の笑い声が聞こえる。震える声で呟いた。

「未来に……代わってくれ」

受話器から聞こえていたかすかな笑い声が、徐々に大きくなる。満足げに笑う未来の甲高い声が聞こえる。受話器から聞こえる両親の声を一つも聞き逃さないよう集中する。両親は無事なのか……そればかりが頭を駆け巡る。心拍数が、急激に増加する。

悪魔の声が、鼓膜に届く。

『もしもし、勇斗？』

「親父とお袋に手を出すな！」

腹の底から声が飛び出る。携帯から、不快な笑い声が聞こえる。

『いやぁねぇー。突然怒鳴るなんて！　いったいどんな教育を受けているのかしら！』

『ぎゃぁぁぁぁあああああ！！！』

お袋の悲鳴が聞こえる。全身が鳥肌で埋め尽くされる。

「何をした！　お袋に何をした！」

僕の怒声がロビーに響く。

――……殺してやりたい！　切り刻んでやりたい！　抵抗すらできずに、黙って横たわっているあの不気味な化け物を！　未来の肉体を！

『別にぃー。ちょっと脅かしただけじゃなぁい。何をそんなに怒ってるのぉ？』

痛みにうめくお袋の声が聞こえる。

「やめろぉおおおおお！！！　両親に手を出すなぁああああ！！！」

たまらず叫んだ。呼吸をするのがやっとだった。未来の笑い声が消えた。受話器越しに沈黙が流れる。胃が痙攣を起こしているのが分かる。激痛。

甘えた声で未来が言った。

『それはぁ、勇斗の選択にかかってるわぁ？　今から私の部屋に来てぇ？』

「選択？　何だ選択って！　今すぐ僕の両親から離れてくれ！」

怒声がロビーに響く。怒りで頭がおかしくなりそうだ。急に静かになったかと思うと、未来がそっと呟いた。

『ねぇ、勇斗はご両親が大事ぃ？』

「は？　何言ってんだよ！　当たり前じゃないか！　両親に指一本触れるな！　殺したいなら、僕が憎いなら、この僕を殺せばいいだろう！　お前が欲しいのは僕なんだろ！　お前の望みは僕だけだろうが！　だったら早く僕を殺せよ！」

『何でそんなにご両親を守ろうとするのぉ？　勇斗ぉ、私とご両親とどっちが大事なのぉー？　勇斗は私の事、世界中で誰よりも愛しているんでしょぉ。だったら、勇斗にとって大切なのは私一人で十分じゃない！　だからぁ、邪魔者は処分してもいいでしょう？』

僕は田中刑事の言葉を思い出していた。滝沼未来は、自ら希望と理性を捨て去った大人の赤ん坊……。その言葉が頭の中で何度もリフレインする。

『ねぇ、勇斗ぉ、勇斗が愛してるのは、勇斗が大切なのは私だけなんだからぁー、ねぇねぇー、だから言って？　僕は親父とお袋が邪魔で仕方がないって！「お願いします、僕の親愛なる未来ちゃん、邪魔な僕の両親をどうぞ処分してください」って！』

「狂ってる！　お前は狂ってる！」

込み上げる怒りが溢れ出し、僕は張り裂けんばかりの大声で叫んだ。

再び甲高い笑い声が響く。

『あぁーら、そう？　なら……』

「おいっ！　何をする気だ！　おいっ！　おっ……！！」

『ぎぎゃぁあぁあああああ！！！』

受話器から、親父の悲鳴が聞こえる。

「やめろ！　親父に何をした！　おい！　やめろ！　やめろぉぉぉおおおおおお！」

僕の叫びがロビーに木霊する。未来の笑い声は止まない。全身の毛穴が開いてゆく。

怒り……憎しみ……。

――この女を殺したい……！

体中で蠢いている感情が、激しくそう叫ぶ。

「何をした！　僕の両親に何をした！　言え！　何をしたんだ！！！　言えよ！！！」

『あぁら、だって勇斗が私の言う事聞いてくれないんですものぉ！　勇斗が悪いんじゃな〜い。私の神経を逆撫でする、勇斗が全て悪いのよぉ？　返事は？　お返事はできないのかしらぁ？　ならぁ……』

親父とお袋の恐怖に満ちた悲鳴が、受話器から響く。

「分かった！　分かったから！　行く！　今すぐお前の病室に行く！　だから親父とお袋に手を出すな！　頼む！」

慌てて返事をする僕に、未来は満足げに言った。

『あぁらぁ、いい子ちゃんねぇ、じゃぁ今すぐ私のお部屋に来てぇ～！　必ず一人で逢いに来てねぇ！　私もすぐ行くわぁ。じゃぁ、そういう事で……』

ブツッ！

電話が切れた。呼吸が狂う。怒りが……憎しみが、僕の体を震わせる。三条刑事が問い詰める。

「どうしました！　何がありました！　今の電話は……、今の電話はまさか、滝沼、み……らい？　あっ、及川さんっ！　及川さん！　一人で行動しては駄目だ！」

三条刑事に返答する間もなく、僕は全速力で未来の病室に向かい走り出した。

――殺される！　親父が！　お袋が！　未来に殺される！

エレベーターを待つ余裕などない。ありったけの力を足に込め、非常階段を駆け上がる。あの希望と理性を自ら捨て去った化け物への憎しみだけが、全身を駆け巡る。殺人を犯す人間の気持ちが、今なら解る。

一気に3Fまで駆け上がり、未来の肉体が眠る318号室のドアを勢いよく開いた。静まり返った病室には、医療機器の音だけが響いている。

ギギィイイイイイイ……。

バタンッ！

勢いよくドアが閉まる。反射的に、音のほうへ振り返る。

「…………！！！！っ」

目を向けると、そこには血の気が抜け切り、青紫の血管を全身に浮き上がらせている未来の肉体が立っていた。

「待ってたわぁあああぁぁあぁぁあぁぁあぁぁぁぁ！！！」

血の気のない真っ白な肌、全身に浮かび出ている青紫の血管、チアノーゼに侵された爪、青白い唇は歪んだ笑みを浮かべ、見開かれた目は白目だけが浮かび上がっている。艶がなく荒れた髪、唇からかすかに見える黄色く染まった歯……。

「お帰りぃい勇斗ぉおお！　あっ、初めましてって言ったほうが良いのかしらぁ？」

その場に立っているのがやっとだった。言葉を失うというのはこういう事なのだろう……。

ゆっくりと未来の肉体が歩き出す。時よりよろめきながらも、一歩一歩確実に未来の肉体が僕へと歩み寄る。視界に映る未来が、徐々に大きくなってゆく。

「あぁああ、もうっ！　歩きにくいわねぇー！」

苛立ったように、未来は腕に繋がれている点滴を引き抜いた。ブチブチッと音を立てながら、何本もの管が未来の体を解放してゆく。

「どうしたのぉ？　やっと逢えたのに……。どうして抱きしめてくれないのぉ？　悲しいなぁ、私、あの時みたいに勇斗は私を抱きしめてくれるって思ってたのにぃ！　ねぇ、ハグしてぇ？　勇斗、あの日のようにハグしてよぉ〜」

今、立ち竦む僕を前に、未来は一人話し出す。

「私、やっと本物の愛を手に入れる事ができたわぁ。何の偽りもない本物の愛を……。私、勇斗のためなら何だってしてきた。私ほどのアゲマンはいないわぁ。だってそうでしょ〜う？　勇斗が望むものは何だって叶えてきた。初めて勇斗を見た時、勇斗が私を必要としている事に気付いてあげられた。だから私、毎晩勇斗のもとへ逢いに行った。勇斗の寝顔……、可愛かったなぁー……」

「…………ね……が……お……？」

喉に詰まっている声を、やっとの思いで吐き出す。未来は口許をほころばせながら、そっと僕に呟きかけた。

「……勇斗、ＦＬＹって日本語に訳すとどういう意味だか分かるぅ？」

「……Ｆ……Ｌ……Ｙ……、と……ぶ……っっ！！　飛ぶ！！！」

「ご明ー答！　あっ、でも私、超能力者でもスーパーウーマンでもないから、本当に飛ぶ事なんて無理よぉ？　ただ、私は勇斗のもとへ心を飛ばせていただけっ！　私の想い……、愛……、魂……、全てをね」

がんじがらめに絡まった糸が、ゆっくりと解かれてゆく。何本もの謎という名の糸が絡み合い、包み込んでいた真実……。奇奇怪怪な真相の全て……。

どうして僕は、未来との出逢いを運命などと受け止めたのだろう……。運命であるはずなどないではないか。夢の中の人物が実在するはずないではないか。未来は夢の中の住人などではなかった。だって、僕は夢など見ていなかったのだから……。夢などではなかったのだから……。滝沼未来は、現実に僕のもとへと毎晩現れていたのだから。眠る僕のもとへ、毎晩……毎晩……。そして、僕のもとへ現れるだけでは満足できなくなった未来は、僕に愛される事を望みだした……。そして……。

起こり得るはずのない事件の数々……、いくら考えても解けなかった謎……、今まで起きた奇怪な出来事の全て……。しかし、謎の全ては、ある一つを受け入れる事ができれば全て辻褄が合う。

その全てを起こしたのは、生霊として僕の前に現れたこの女……、滝沼未来だという事に……。

奇怪な出来事が、あり得ないはずの現象がこの世には起こり得るという事をっ！

「お、親父と、お袋に何をした！！！」

声を振り絞る。

「あぁら、さっきも言ったじゃない！　少し脅かしただけよぉ！」

満足げな笑みを浮かべ、未来は言った。

「何で、何で僕の両親に手を出す！　両親がお前にいったい何をしたと言うんだ！」

未来はキョトンとした表情を浮かべる。

「何もしていないわぁ！　だからやったのぉ！　勇斗は人を傷付けるのが一番嫌いな心優しい人だからぁ！　それなのにぃ、私にはぜぇんぜぇんかまってくれなくてぇえ、寂しかったからぁあ！　私をいつまでも放っておく勇斗にちょっぴり意地悪したくなってぇー、だから勇斗が一番嫌がる事をぉ、してみたのぉ、でもぉ、これも勇斗を愛しているからぁ」

平然と答える未来に、憎しみが込み上げる。

「ふざけるなっ！！！」

閑散とした病室に僕の怒声が響く。しかし、未来は状況を楽しむかの如く僕に微笑んで見せる。

「勇斗ぉ、あのねぇ、今日は勇斗にプレゼントがあるの！　せっかく勇斗を訪ねて来られたのに、勇斗はぁ、お父様にもお母様にも会えなくて寂しいだろうからぁ、だからねぇ～、これは私からのせめてものプレゼントぉ！」

不気味な笑みを浮かべながら、僕の足元へ小さな物体を投げ付けた。小さな物体がコツンッと音を立て床に落ちた。

――――！！！

肉がこびり付いた親指の爪が、血塗れのまま床に転がっている。

──親父っ！！！　お袋っ！！！

「……殺したのか？　お前、親父とお袋を殺したのかっ！」

絶叫混じりの声を張り上げる。

「……殺してはないわぁ、今のところはね……」

「今のところ？」

「さっきも言ったじゃなぁい！　勇斗の選択次第だって！」

「選択？」

「そう、今から私が勇斗へ二つの道を選ばせてあげるぅ！　一つは地獄。二つ目は天国！　ねぇ、勇斗、天国と地獄、どっちがいい？」

「……天国と地獄？」

頭の中が真っ白になる。この女は何を言っているんだ？　この女は、いったい何処まで狂乱するんだ？　蒼白の僕に、未来はゆっくりと近付く。未来が近付くたび、僕の足は一歩一歩後退する。

「理解できていないみたいだから、もう少し分かりやすく教えてあげるねぇ〜？」

未来が人形を手に取った。壁にもたれかかる僕に、ゆらゆらと人形を左右に振り話し始める。

「天国はねぇ、永遠にこの子の中で私と二人きりで暮らす事ぉ！　この子とても可愛いでしょう？　ディディーナって名前なの！　ママからのプレゼントよぉ！　私を心から愛している勇斗と、勇斗を心から愛している私が、永遠に二人きりの世界で暮らせるのぉ！　これこそ、天国でしょう？」

「どこが天国だ！　僕はお前を愛してなんかない！　お前は僕から大切な人を故意に奪った殺人者だ！」

僕の言葉を聞いた未来が、満面の笑みを作って見せた。

「ふ〜ん。じゃぁ、地獄にするぅ〜？　ん〜……でもねぇ、どちらを選んでも勇斗は天国に来る事になるんだけどなぁ」

「……どういう意味だ？」

人間として生きる事を自ら辞めた、この女の恐ろしさがじわじわと伝わってくる。

「これ以上、何をする気なんだよ！」

怒声なのか悲鳴なのか……、僕の大声が病室に響く。未来は僕を平然と眺め、冷静な口調で言った。満面の笑みを浮かべたままの未来の言葉は、冷酷なものだった。

「殺してゆくわぁ、勇斗にそんな汚い言葉を教え込んだ勇斗の両親を！　私の邪魔ばかりしたあの汚い刑事達を！　勇斗の周りにいる全ての人間を！　殺してゆくわぁああ！　勇斗が天国を選ぶまで、ずっとずっとずぅううっと！　永遠に！」

暗闇に突き落とされる。絶望感が体を支配し頭を働かせてくれない。心が凍り付く。喜怒哀楽……、その全ての感情が死んでゆく。

ドンドンドンッ！！！

「及川さん！　大丈夫ですか！　及川さん！　開けてください！　田中です！」

力強くドアを叩く音が響き、田中刑事の声が聞こえた。ハッとし、僕は戦慄した体を必死に動かす。

「やめて！　あの邪魔者をこの中に入れないで！」

恐ろしい形相で未来が叫ぶ。背後で未来の叫びを受けながらも、這い蹲りドアまで向かう。

「勇斗！　私の言う事が聞こえていないの！」

未来は取り乱し、僕の体に伸しかかった。

「勇斗、あなたに選択の余地を与えた私が馬鹿だったみたいね！　恥ずかしがりやな勇斗のために、私が勇斗を連れて逝ってあげるわぁ。怖がらなくていいのよ！　私達は永遠の天国へと向かうのだからぁあああ！！！」

もの凄い力で僕を押さえ付ける。死者のような未来の顔が近付く。金縛りにあったように僕は瞬き一つできなくなる。真っ白く細長い両手が、僕の顔を鷲掴みにする。何ヶ月もほったらかしにされていたような、長く鋭い爪が僕の眼球目がけて近付く。

「何をする気だあぁぁあぁぁあぁぁぁあぁぁぁああ！」

「ディディーナの体に入るには交換条件があるのぉおお！　すぐ終わるわぁああ！」

未来の鋭い爪が僕の眼球を抉ろうとする。目頭付近の皮膚が、音を立て切り裂かれた。

「やめろぉぉぉおおおおおおおお！！！！」

真紫の爪が徐々に皮膚を切り裂く。メリメリ……という耳を塞ぎたくなる音が聞こえる。激しい痛みが脳まで届く。

バンッ！

「やめなさい！　滝沼未来！」

ドアを破壊し、田中刑事と三条刑事が姿を現した。未来の手が僕から離れる。僕は切り裂かれた目頭の皮膚を押さえ、とっさに田中刑事のもとへ駆け寄った。

「邪魔をするなと言ったはずだぁああ！！！」

未来の怒声が病室内を包み込む。

「滝沼未来！　お前がやっている事は完全な犯罪だ！」

田中刑事は、今まで見た事もないほど怒りを露わにした。

「……犯罪？　私のしている事が？　どうして？」

嘲笑うかのように、未来が言った。

「私はただ恋愛をしているだけよ。とても激しい大恋愛をね。それの何処がいけないっていうの？　私が何をしたというの？」

「何を言っている！　お前は人を三人も殺しているんだぞっ！　罪のない人達を三人も！」

怒声が病室を包んだ。田中刑事の握りしめている拳が震えていた。しかし、未来は満足げな笑みを保ったまま、あっけらかんとした口調で言った。

「いつ？　いつ私が人を殺したの？　どうやって？　私はずう～っとここにいたのに？」

「！！！……お、お前は……」

田中刑事が言葉を詰まらせた。その場にいた全員が何も言い返す事ができなかった。そんな状況を楽しむかの如く、未来は田中刑事を無視し僕に向かい手招きをする。

「勇斗ぉおお！　戻って来てよぉ！！　早くぅう！　戻っておいでってばぁ～！」

未来が僕を目がけ、突進する。三条刑事がとっさに僕に覆い被さる。未来はどんどん凄まじい形相に変わってゆく。

「邪魔しないでぇ！　そこをどいてぇええ！　私だけの勇斗から離れてぇええ！」

「三条!!」

田中刑事が指示を出す。三条刑事は指示どおり、僕の体を自分の身で覆い、室内から脱出しようと体を動かした。

その瞬間、突然未来の肉体が床へと倒れ込んだ。

「……し、死んだのか？」

一瞬足を止めた僕らに、田中刑事が怒声を発する。

「バカヤロウッ！！！　何やってるんだっ！　早くここから出ろっ！　滝沼未来は死んでなんかいない！」

ハッとし、三条刑事が急いで僕の腕を引っ張った。

「及川さん、早くここから出るんだっ！」

床に倒れ込んだ肉体から、おぞましい形相を浮かべた未来の顔が浮かび上がる。生霊の滝沼未来……、ＦＬＹが。

「危ない！！！」

三条刑事に向かい、叫んだ瞬間だった。

「邪魔をする奴は許さないと言ったはずだぁああ！！！」

狂乱し叫ぶ未来の声が先だったのか……、飛び散る血しぶきが先だったのか……。

「未来っ！！！　やめろ！　やめてくれぇぇえええええ！！！」

背中越しに生温かい血が流れ出ているのが伝わる。

「三条ぉおおおおおぉぉぉぉぉおぉおおお！！！！！」

田中刑事の悲痛な叫びと共に、ベチャッと音を立て三条刑事のそがれた耳が床へ落ちた。

「未来ぃ！　やめてくれぇえええ！！！　頼むっ！　やめろぉぉお！」

僕に覆い被さっていた三条刑事が、僕の上に倒れこんだ。三条刑事の重みを感じながら、僕は必死に懇願していた。悲痛な叫びと、未来の満足げな高笑いが混じる。

「何のために！　何で罪もない人を平気で殺すんだ！」

全身の血が頭に上り、僕は声を張り上げた。未来は一瞬沈黙すると、キョトンとした顔で返答した。思いも寄らない答えだった。

「勇斗とずっと一緒にいたいからぁ」

何の悪びれもなく平然と答える未来に、憎しみが沸き上がる。

「僕とずっと一緒にいたいからだって？　だから僕の周りの人間を殺すのか？　いのりを！　社長を！　岩本を！　三条刑事を！！！」

「だってそうしないと勇斗は私に逢いに来てくれなかったでしょう？　欲しい物は自分の力で手に入れろって、いつもママが言ってたわぁ。だから私、どうしても欲しい勇斗を手に入れるため、凄く頑張って努力したのぉ」

「努力……？　頑張る……？　ふざけんじゃねぇよっっっ！！！　何が努力だ！　何が頑張っただ！　お前はただ自分の願いを叶えたがる子供と一緒じゃねぇか！　お前は人間じゃない！　悪魔に魂を売り渡した邪悪な化け物だ！」

未来の顔から笑みが消えた。

「勇斗、私にそんな汚い言葉を使わないで！……そろそろタイムリミットよぉ……。だからもう一度だけ選択権をあげるぅ。天国と地獄、どっちにするぅ？」


人形の髪を撫でながら、未来が問う。大きく開かれた目は、僕だけを映し出している。

「……僕はお前を愛せない！」


目の前に佇む未来に言う。闇に包まれた病室内に、しばしの沈黙が流れる。僕の姿を、未来は黙って見つめていた。震えた声が沈黙を破る。

「どうして……？　どうして皆、私をいじめるの？　どうして皆、私を必要としてくれないの？　どうして……どうして皆私を捨てるの？　パパもママも……、どうして愛してくれないの？　勇斗だって……、私の事愛してくれるって言ったのに！　ずっと一緒にいてくれるって約束したのに！　どうして、どうして皆裏切るのぉ？」


まるで幼子のように泣きじゃくる未来に、田中刑事がそっと声をかける。

「滝沼、君だって分かっているだろう！　欲しい物をと言ったが、及川さんは物ではない！　一人の人間なんだよ！　心を持ったね……。もしも君が本当に及川さんを愛していると言うのなら、こんな形で彼に迫るのではなく、君自身の……」

「うるさいっ！　黙れ邪魔者！！！」

泣きじゃくっていた未来の顔が、険しく激変する。人形が声を上げ、けたたましく笑った。

「あんたさえいなければ勇斗は素直になれたのに！　勇斗は恥ずかしがりやなの！　私がいなければ何もできないの！　勇斗には私が必要なの！　なのにっ！　なのにあんたが邪魔するから勇斗が素直になれないんでしょ！　私は勇斗を愛しているの！　誰よりも強く！　勇斗が望む事は何だって叶えてきた！　勇斗の夢を現実にしてあげた！　あんたにそんな事ができる？　できないでしょう？　私ほど勇斗を愛している者はいない！　これがその証拠よ！」

瞬き一つせず目を見開き、未来は床に転がっている自分の肉体を指さした。自らの意志で捨てた肉体は、もはや肉の塊でしかなかった。

「……勇斗ぉぉお、早くこっちに来てよぉ！　早く抱きしめてよぉ！　愛してるって言ってよぉ！　私を見てよぉ～！」

地団駄を踏みながら、僕を求める。未来は僕だけを見つめている。

「お前がやっているのはただの脅迫だ！　愛なんかじゃない！　僕はもう永遠にお前を愛する事はできない！！！」

暴れ狂う動作が止まった。

「勇斗、いったい誰のお陰であなたの願いが叶ったと思っているの？　あなたの夢が叶ったのは全て私のお陰なのよ！　芸能界で成功したいってあなたが望んだから、私がその夢を叶えてあげたんじゃない！　それに、東京で勇斗を支えてくれる人がいますように、力になってくれる人がいますようにって、あなたのお母様が望んだから私があなたを支えて力になってきたのよ！」

「いい加減な事を言うなよ！　僕がいつお前に願いを叶えて欲しいと言った？　お袋がいつお前にそんな事を頼んだんだ！　言ってみろよ！」

「言わなくても分かるの！　勇斗の事ならぜぇぇんぶぅ！　全部全部全部！　ご親切にそれが教えてくれたものぉおお！」

未来が僕を指差す。未来の甲高い笑い声が木霊する。耐え切れず耳を塞ぐ。気が狂いそうだ。

「やめろ滝沼ぁぁぁあああ！！！」

田中刑事の声にハッとし未来を見上げる。ベチャッという低音。肉片が散らばってゆく。僕を守り犠牲になった三条刑事の体を突き抜け、未来の手が僕の上着に入り込む。

「うあぁああああぁぁぁあああぁぁあぁぁぁぁぁあ！！！」

全身に鳥肌が立つ。ヌメヌメとした感触。顔面に、生温かい三条刑事の肉片が落ちてくる。あまりの恐怖に瞬きすらできない。

　ぶちっと紐が切れる音が聞こえた。横たわった僕の上で、未来は嬉しそうに笑みを浮かべ、拳を開いた。

「これこれ……、私があげたディディーナの右目を勇斗が大切にこの中にしまってくれたお陰で、勇斗が何を望んでいるか全て分かったわぁ。勇斗のお母様が何を望んでいたかも全部ぅ。このお守りには、お母様と勇斗の念がたくさん詰まっていたものぉ」

「そんな……」

　掌に、お袋から貰ったお守りが載せられている。

「ねぇ勇斗、だから私はあなたの願いを叶えてあげられたのよぉ。でも、私、勇斗をずっと見ていて分かったのぉ。勇斗にとって一番幸せなのは、私と二人きりの世界へ逝く事だってぇ。誰にも邪魔されずにずっとずっとずぅーっと二人きりで、暮らしてゆくのぉ～」

　――狂気の沙汰……。

　気味の悪い笑みを満面に浮かべる未来を見て、僕はそう答えを出すのがやっとだった。徐々に僕に近付く未来の顔が、視界いっぱいに広がってゆく。頭の中で冷静なもう一人の僕が、早くこの場から逃げろ！　と指示を出す。しかし、逃げようとしても全身が硬直し、指一本動かせない。頭が真っ白になる。未来のおぞましい顔が視界を埋めた。

——もう駄目だ！　もう終わりだ！！　殺される！！！

僕の眼球を抉ろうと、鋭い爪が伸びる。ツンと鼻を刺す薬品の臭い、青白く変色した唇が歪み、満足そうな笑みを零す。見開かれた目は、僕だけを見つめている。未来にとっての本当のゴール……。僕を自分だけのものにし、永遠に離さない……本物のゴール……。死者のように冷え切った手が僕の頬に触れた。目の前がぼやけて来る。病室の天井が真っ白な霧のように見えた……。もう……終わりだ……。

ボギッ！

鈍い音が鼓膜に届いた。僕の眼球を抉り出そうとする未来の手が少しずつ離れてゆく。血の気のない顔がさらに青ざめ歪んでゆく。僕の体にのしかかったまま、悲痛の表情を浮かべる。僕を見つめたまま……。

「ぎぎゃぁあああああああああ！！！」

鼓膜を裂くような悲鳴が響き渡った。未来が、一瞬にして破壊されてゆく。真っ黒い霧が溢れ、病室は奈落の底へと姿を変えた。ミチッミチ……という皮膚が切り裂かれる音と共に、未来の顔が激しく歪む。頬から……、額から……、次々に皮膚が切り開かれ、四つの顔が浮かび上がる。未来に惨殺された、いのり、岩本、社長、三条刑事の顔が、苦しさにもがく未来を憎しみの溢れた目で睨みつける。荒れきった長い髪がドサドサと抜け落ちてゆき、死者のような真っ白い肌は黒みを交えた灰色へと変色してゆく。

「及川さん！　早くここから出るんだ！」

田中刑事は僕の体を力ずくで起こし、病室のドアを開けた。這いずりながら病室の出口へ向かう。病室から廊下への境界線に差しかかった時、蚊の鳴くような声が聞こえた。

「行かないで……お……願い……独り……にしないで……」

未来の哀願を背中で聞きながらも、僕は田中刑事に抱きかかえられたまま病室を出た。未来が僕を求める声が、背中に録音された。

白く巨大な建物を眺めながら、田中刑事が呟いた。

「三条の遺体はあとで回収します。でも、間一髪でしたな……」

震え続ける両足で何とか立位を保つ。田中刑事に聞いた。

「どうして……未来は消えたのですか？」

田中刑事は建物から視線を逸らさぬまま、そっと僕の問いに答えた。

「人形の首をへし折ったのですよ……。滝沼未来の魂があの人形に宿っているのなら、あの人形こそが滝沼未来の肉体なんではないか……何故かそんな気がしましてね」

「あの人形が未来の肉体？」

聞き返す僕に、田中刑事はゆっくりと頷いた。

「滝沼未来はあの人形に魂を売ったのでしょう……。そしてあなたにも魂を売って欲しいと願った。ならば……と思い、あなたが滝沼未来に襲われている隙に、人形の両目をはめ込んだのです。そうすれば人形から抜け出ている滝沼未来の魂は人形へと引き戻され、人形は滝沼未来の肉体になるのではと思いまして……」

田中刑事はそう述べると、建物から視線を逸らした。

「滝沼未来が消えたのかは……、及川さん……、私にも分かりません。私には、滝沼未来があんなにもあっけなく消えるとは思えない……」

「未来は……まだ生きている？」

恐る恐る尋ねる僕に、田中刑事は俯いたまま首を振った。

「私には分かりません……。私が分かる事はただ一つ、滝沼未来があなたへ抱いていた想いには偽りなどなかった。認めたくなどないが、滝沼未来があなたに抱いていた想いこそ、本物の愛なのかもしれませんな」

「本物の愛？」

「……見方によっては、ですがね……」

建物を背にして歩き出した田中刑事の背中を追った。

XIII永遠の呪縛

あの事件から三年が過ぎ去った。

僕は芸能界を去り、親父の工場を継ぐため帰郷した。両親は東京をすっかり恐れ、僕が田舎へ帰ると告げた時は二人とも心底喜んだ。

田中刑事と僕は、あの事件以来一度も会う事はなかった。僕にとっても田中刑事にとっても、あの事件は思い出したくない出来事に違いなかったからだろう。

忘れようとしても決して忘れる事などできない記憶こそ、未来が僕へ残したかったもののような気がしている。

何故未来が消えたのか、果たして本当に滝沼未来は消えたのか、それは僕にも分からない。あれは未来が言っていたとおり、魂だったのか……。それとも心だったのか……。その答えは未来しか知らないだろう……。ただ、僕は思うのだ。あれは未来の魂ではなく、愛に飢え、愛を求めた未来の心ではなかったのだろうかと。

未来であったＦＬＹから贈られてきたあの石は、きっと未来の心が僕のもとへと飛んでゆけるパスポートだったのかもしれない。そのパスポートと、未来の心であるもう一つの石を人形にはめ込まれた瞬間、未来の心は人形の中へ閉じ込められてしまったのではないだろうか？　人形から出られなくなった未来は、人形と化してしまったのではないだろうか？　と。

そんな答えのない疑問を抱き、僕は生きている。永遠に解かれない疑問に縛られながらも……。

二〇〇八年四月二十四日

「勇斗ぉ、何ぼんやりしてるのよ」

頬をプクッと膨らませ、麻奈《まな》が僕をつついた。

「あぁ、ごめん、ちょっと考え事してて……」

「もぉー、ちゃんと考えてよ！　一生に一度の大切な結婚式なんだからね！」

「あぁ」

山のようなパンフレットを満面の笑みで眺める麻奈に、お袋が笑いながら声をかける。

「ごめんなさいねぇ、麻奈さん。この子はいっつもボーッとしてて……」

分厚いカステラを差し出すお袋に、麻奈は微笑みながら首を振る。

「あっ、そうだ勇斗、アンタに小包が送られて来てたわよ」

思い出したようにお袋が言った。

「小包？」

「何だか重いもんだったけど……、アンタ何か買ったのかい？」

「いや、記憶にないけど……」

そう答える僕に、麻奈がふざけたように茶々を入れる。

「他の女の子からのプレゼントだったりしてぇー……」

「馬鹿！」

笑いながら麻奈の頭を軽く小突くと、麻奈は舌を出し笑った。

「テーブルの上に置いておいたわよ」

お袋に言われテーブルに目をやる。茶色い包装紙に包まれた箱が置いてある。

「もしかして、私へのプレゼント？」

明るい声で麻奈が問う。僕は両手を振り、まさか！　という動作をして見せた。

「なぁーんだ！　つまんないの！」

そう言いながらも僕の腕に手を回し、ワクワクしながら小包を見ている。

「早く開けて！　ねぇねぇ早く！」

麻奈に急かされ僕は小包に手をかけた。茶色い包装紙を剥がすと、木製の箱が現れた。

――何だ？　差出人も書いていない……。

躊躇している僕の横で、待ちきれなくなった麻奈が蓋に手をかけた。

――…………！！！！！！！

「わぁー可愛い！　やっぱり私へのプレゼントだった！」

「……………離れろ！」

「え？」

「その人形から離れろ！！　早く！！！」

「何言ってるのよ。変な勇斗ぉ」

麻奈が人形に手を伸ばす。

「やめろっ！　触るな！！　早くそいつから離れろぉおお！！！」

僕の叫び声が響いた。人形が麻奈の腕の中で笑っている。青白い唇を不気味に歪ませながら……。

人形を抱いた麻奈が震え出す。

「麻奈ぁああああ！！」

麻奈の体が痙攣し始める。人形の白い手が麻奈を掴む。

「ぎゃぁあああああああああ！！」

「やめろ！　やめてくれ！　麻奈！　麻奈ぁああああ！！！」

麻奈を呼ぶ声と、お袋と親父の悲鳴が木霊する。幼さが残る麻奈の顔中に血管が浮かび上がる。苦しみに悶え、大きく開かれた口から舌が飛び出る。苦しみ喘ぐ麻奈を、人形は満面の笑みで見つめている。

「未来！　やめろぉぉぉおおお！！！」

麻奈に駆け寄った僕を、人形は物凄い形相で睨みつける。麻奈の口から多量の血が吐き出される。人形に掴まれた麻奈の両手の爪が、音を立てて剥がれてゆく。苦しむ麻奈を抱きしめた瞬間だった。僕に助けを求める麻奈の目が、少しずつ見開かれる。ぶちゅっぶちゅっ……という……あの音が鼓膜に突き刺さる。麻奈を抱きしめる力を増す。麻奈の眼球が飛び出し、床に零れ落ちた。痙攣は激しさを増し、麻奈は悲鳴を上げながら床を転がる。

「ねぇ、勇斗。私と一緒に来てくれる？」

背筋が凍る……あの声。……未来の声。

「ねぇ、一緒に来てくれるよね？　そうだよね？」

恐怖……。これが本物の……恐怖。硬直する体を無理やり動かし、人形から……未来から麻奈を離そうと抱き寄せる。

「ねぇ、勇斗。来ないの？　ねぇ、私と一緒に来ないの？」

変わり果てた麻奈を見つめる。人形と化した未来が僕に微笑む。

「ねぇ、来るでしょ？　私と一緒に来てくれるでしょう？　ねぇ、返事してよぉー」

「行かねぇよっ！！！」

激しい怒りが口から飛び出る。麻奈の痙攣がさらに激しさを増し、空洞になった目から赤い涙を零す。怒鳴られた未来は、麻奈の舌を掴む手に力を増す。みちっ……という低音が聞こえだす……。

「！……やめろ！　離せ！　その手を離せぇえええ！」

「嫌」

声と同時だっただろうか……。耳を塞ぎたくなるような音が響いた。麻奈の舌が、人形の手によって引きちぎられていた。ビクンと大きく体が跳ね上がったあと、麻奈はグッタリと力を抜いた。

「麻奈ぁぁぁあぁぁぁあああああああ！！！」

笑い声が響いていた。甲高い、あの笑い声が……。

麻奈が息絶える。麻奈を抱きしめ、麻奈の名前を呼び続ける。部屋の隅で震え上がる親父とお袋が目に入る。怒りが……憎しみが……体中に駆け巡る。

「ねぇ、これで一緒に来てくれるでしょう？　もう勇斗を惑わす奴はいなくなったよ。私が退治してあげたよぉ。これでもう勇斗は自由だよぉ」

一歩……二歩……悪魔が近寄る。邪気に溢れた笑みを浮かべ、楽しそうに笑い声を発しながら僕に近寄る……。

「行ってくれるよね？　ね？　勇斗。そうだよね？」

「行かねえって言ってんだろうがぁぁ！！」

　怒声が木霊した。全身の血が逆流してゆく。噛み締めた唇から鉄の味が伝わる。それでも悪魔は笑う事を止めぬまま、三歩……四歩……と距離を縮める。

「どうしてぇ？　どうして邪魔者がいなくなったのに、私と一緒に来てくれないのぉ？」

甘ったるい声を出し、僕を見つめる。あの、羽の刻印がされた両目が僕を捉える。

「私、せっかく勇斗を迎えに来てあげたのにぃー。どうして勇斗は素直になれないのぉー？　どうしてそんなに意地を張るのぉー？。誰が勇斗をそんなふうに……勇斗を変えたのは……あなたね！」

「ぎゃやあぁぁあぁあああああああ！！」

悪魔が後ろを振り向く。

「やめろぉおお親父とお袋に手を出すなぁあああああ！！！」

怒りに満ちた叫びが響く。悪魔は猛スピードで親父に駆け寄り、親父の頬に喰い付いた。痛みにもがく親父の隣で、真っ青になったお袋が泣き叫ぶ。麻奈の抜け殻を離し、親父に駆け寄る。

「離せ！　離せって言ってるだろうが！　お前の目的は僕だろう！　関係のない者に

手を出すなぁぁあ！　親父から離れろぉおお！！！」

親父の頬から血が流れ出す。悪魔の腕を引っ張り、引き離そうと力を入れる。悪魔は白目を剥き出したまま、もの凄い力で親父に噛み付いている。力任《まか》せに殴り付けても、人形は微塵も動かない。全身を激しく震わせ恐怖におののく親父の悲鳴が、鼓膜の奥底まで伝わってくる。三年前のあの光景が浮かぶ……。

「未来！　やめろ！　やめてくれ！」

悪魔は噛み付く事を止めぬまま、目線を僕に向ける。青紫の血管が白目中に浮き上がっている。わずかな黒目が上部に浮き上がり、僕だけを見つめている。

「いっじょにいっでぐれる？　わだしといっじょにいくって言ったら……」

親父の頬に噛み付いたまま、悪魔が言葉を発する。

「ふざけんなっ！　何で親父に手を出す？　何で何の罪もない麻奈を殺した？　何度聞かれても答えは同じだ！　お前とは行かない！　今すぐ親父から手を離せぇぇえ！！！」

親父の苦しむ声が響いている。お袋の泣き叫ぶ声が木霊する。怒りが……憎悪が……体の中で渦を巻く。これほど憎しみが持てるのかと驚くほどに、目の前にいる物体に叫んでいた。

「離せって言ってんだよ！　未来！　消えろ！　今すぐ消え失せろ！　もうやめろぉ

おおお！！！」

　僕だけを求める悪魔の眼球が、凄まじい目付きへと変化する。

「うぎゃぁぁぁぁああああ！！！」

　親父の悲鳴が響く。びぢゃっ……という音と共に、頬が喰いちぎられてゆく。

「やめろぉおおお！」

　僕の叫びを無視し、悪魔はさらに力を増す。ビチュビチュと音を立てながら、頬の肉がちぎられる。唇は裂け、奥歯が露わになる。真っ赤な血が溢れ出し、血しぶきを上げる。親父の体が激しく痙攣する。見開かれた両目から、真っ赤な涙が流れ出す。

「勇斗……かあちゃんを……かあちゃんを……」

　今にも消え失せそうな声で僕に言う。部屋の隅で震えながら、親父の名を呼ぶお袋の声が聞こえる。

「勇斗ぉー行くって言って♪　ねぇ早く言って♪　…………聞こえないの！！　今すぐ私とゆくって言って！」

　悪魔がドスの利いた怒声を発す。喰いちぎった肉片を吐き出し、あの甲高い笑い声を上げる。地の底から蠢くような……悪魔の笑い声。親父が苦しみに悶える。お袋が泣き叫ぶ。戦慄……。

　甘ったるい声がする。

「言ったはずだよ？　勇斗は私から逃げられないって……。それとも、あの三流刑事《でか》のお陰で私が死んだとでも思った？　私から逃れられるとでも思った？」

悪魔が僕に近付く。吐き出した親父の肉片を手に取り、口へと運ぶ。クチャクチャと音を発し、まるで甘いデザートを噛み締めるように、僕を見つめたまま悪魔が微笑む。青白い肌。黄ばんだ歯。真紫の唇……。抜け切った髪……滝沼未来。

「……化け物」

親父の肉片を美味そうに飲み込む人形に呟いた。未来は……悪魔は、それがまるで褒め言葉のように、にっこりと微笑みを深める。

「私はね、あの三流刑事のお陰で夢を叶える事ができたのよ。三流にしては、私の魂自体がディディーナに入り込んでた事をよく見抜けたわね。ん～……でも、やっぱり所詮三流は三流。あれで私を滅ぼせたと勘違いするなんて。私はあの馬鹿のお陰で、ディディーナを私の世界にできたというのに……。ディディーナ自身になれたというのに！」

悪魔が再び親父に近付く。

「私はね、勇斗。やっと願いが叶えられたの。役に立たない肉体を捨てる事ができたの。私の願いを全て叶える事ができる世界を、この手で築き上げる事ができたの。

……もう準備は整ってる……。あとは、勇斗……あなたが来てくれればいいだけ。それで全てが揃うわ。私の望む全てが……」

「……やめろ……」

悪魔の手が、親父の耳を鷲掴みにする。

「来るって言いなさいな。今すぐに、私の……私だけの物になると誓いなさいな。全てのものを捨てて、私だけの物になると……」

「全ての物を捨てて……？」

不気味な笑みを零す悪魔に聞き返す。悪魔は嬉しそうに頷き、僕へと語り出す。

「そうよ。全ての物を捨てるの。あなたの肉体も……、あなたの夢も……、お金も……、恋人だと勘違いしていたその女……はもう処分できたわね……。そう……あと捨てる物は、これだけ！！！」

「ぐぎゃぁぁあああああああああ！！！」

「親父に手を出すなぁああああ！！！　やめてくれぇえええぇぇぇえ！！！」

鼓膜が裂けるほどの悲鳴が室内を包み込む。鷲掴みにされた耳が引き裂かれてゆく。頭皮までもが破れ、頭蓋骨が露わになる。親父の身体が飛び跳ねる。真っ赤な涙が滝のように流れ出す。バタバタと脚を動かし苦しみ悶える親父の身体が、少しずつ動きを弱める。消え入りそうな声で親父が呟く。

「勇斗……に……げろ……かあちゃ……連れて……に……げ……」

「親父ぃぃいいいいいいいいいいいい！！！」

動かなくなった親父を前に、言葉にできないほどの怒りが押し寄せる。部屋の隅で震えていたお袋が、悲鳴を上げ親父に駆け寄る。

「あら、お母様。そんなに怯えてどうなさったんですかぁー？」

ケラケラと笑いながら、悪魔がお袋の肩に手を置く。

「お袋ぉおお！！！」

とっさに駆け寄り、お袋を抱きしめる。〝許せない〟そんな言葉ではこの憎しみを表現などできない。何の罪もない人間を、オモチャのように破壊し楽しむこの化け物を苦しめる事ができるのなら、僕は何だってする。これ以上ないほどの苦痛を与えられるのならば、僕は悪魔にだって身を売る。たとえ地獄の底で永遠に苦しむ道が待っていようと、こいつを……滝沼未来を滅ぼすためならば喜んで地獄に行ってやる。

「あれ？　勇斗？　どうしてそんなに怖い顔してるの？　もうすぐ永遠のパラダイスに行けるっていうのに……。ねぇ、どうして？　どうして邪魔するの？」

キョトンとした顔で、悪魔が尋ねる。堪えきれない怒りが口から飛び出す。

「殺してやる！　今すぐお前を殺してやる！」

お袋が腕の中で震え続ける。次から次へと涙を流し、変わり果てた親父を見つめている。悪魔はそんなお袋を嘲笑うように、けたたましい笑い声を響かせる。

「どうやって私を殺すの？　私はもう死んでるのに。死人はもう死なないんだよ。そんな事も知らないの？　それとも勇斗、私を殺したい？　ねぇ、私を殺したい？」

「あぁ！　殺したいよ！　殺してやるよ！　どんな手を使ってでもお前だけは僕が絶対に殺してやる！」

「どんな手を使ってでも？　本当に殺せる？　誓える？　勇斗にそんな勇気ある？」

「殺してやるって言ってるだろうがぁあ！！！」

　悪魔が微笑む。満面の笑みを浮かべ、嬉しそうに地団駄を踏む。

「だったら、勇斗に殺させてあげる！　私の事、殺させてあげるよ！　だって、勇斗は私の事を殺せるまで私の側にいるんだもん！　私だけを見てるんだもん！　私だけを求めてるんだもん！　ねぇ、それってパラダイスだよねぇ。愛する人が私だけを求めて追いかけてくれるなんて、それほどのパラダイスはないよね！　だったら私、喜んで勇斗に殺される！　あ、でも……」

　言葉は途切れ、見開いた目は瞬きを繰り返す。怒りに震える僕を見つめたまま、微笑みを浮かべた悪魔が沈黙を生む。狂ってる……。コイツは本当に……狂いまくっている……。お袋に手を出させないように、怯えるお袋を抱きしめる。お袋は言葉を失ったまま、ただただ親父だけを見ている。

「そうだ！」

張り詰めた沈黙を悪魔が破る。嬉しそうな……これ以上ないほどの笑みを浮かべている。お袋を抱きしめる腕に力を増す。

「良い事思いついたよ！　勇斗がせっかく私を求めてくれるんだもん！　私を殺すために、私だけを求め続けてくれるんだもん！　だったら、私は永遠に勇斗から求められるようにするよ！　簡単に殺されるだけじゃ私が可哀想でしょう？　だから、私は永く勇斗の側にいられるようにする！」

「何を……言ってるんだ？」

意味不明な言葉を並べる悪魔に問う。悪魔は嬉しそうにはにかんだまま、僕に言う。

「ちょっと待っててね……」

そう言い、床に倒れ込んだ。剥き出しになった白目が、ピンク色に変化してゆく。あの……ピンク色に……。青白い肌は薄い肌色へと変わり、真紫の唇は光沢のある赤へと変わってゆく。

倒れ込んだ悪魔は、まるでただの人形のように、愛らしい笑みを浮かべ動かなくなった。お袋を抱きしめたまま、人形に近付く。

今だ！……頭の中で命令が下されたようだった。ありったけの力を込めて、人形を踏み潰す。

バキン！　という音が響いた。足の下で、人形が破壊されている。顔面に大きな罅《ひび》が入り、左半分が粉々に潰れている。呼吸をするのさえ忘れ、必死で踏み続ける。ベキベキという音が響く。全ての恨みが、憎しみが、怒りが……僕の足に力を込めさせる。

どのくらい踏み続けていたのだろうか……？　粉々になった人形を足の裏で確認する。これ以上破壊する所などないほど、人形は粉々になっていた。部屋中を見渡し、悪魔がいないか確認する。ただ沈黙が流れる室内を、何度も繰り返し見渡す。何もない……。何も聞こえない……。

「お袋……」

腕の中にいるお袋に声をかける。

「もう……大丈夫だよ。もう……ここには……いない。アイツは……滝沼未来は消えた」

お袋は何も言わず、俯いたまま動かない。

「お袋？　どっか怪我したのか……？　大丈夫か……？」

問いかけても俯いたまま、ただ、変わり果てた親父を見つめている。

……当たり前だ。永年連れ添った親父が、ほんの一時間前まで笑っていた親父が、もう死んでいるのだ。親父なのか見分けが付かないほど、変わり果てた姿で横たわっているのだ。僕と麻奈の結婚式を楽しみにしていた親父が……、いつも笑っていた親父が……、お袋を守り続けていた親父が……、もう動く事もなく死んでいる。

親父の抜け殻を眺める。最後まで僕とお袋を守ろうとした、あの親父の声が甦る。

視界がぼやける。言葉を失ったお袋に言った。

「お袋……。ごめん。ごめん。ごめんな。ごめんなお袋……。ごめん。ごめん……」

心の底からの謝罪だった。次から次へと涙が零れ落ちる。全ては……僕の責任だ。

あの悪魔を招き入れた……この……僕の責任だ。部屋に転がる麻奈と親父の死体を見つめ、震える声で繰り返した。僕を愛し、『いい妻になるわ』と照れ臭そうに笑っていた麻奈……。三年前のあの日、田舎に逃げ帰った僕を笑顔で迎えてくれた親父。『勇斗、お前が生きてて……本当に良かった』そう言い、僕を抱きしめ泣いたお袋……。

謝罪を繰り返しても繰り返しても、足りない気がした。

「本当に……ごめんな。ごめんな。麻奈……ごめんな。親父……ごめん。皆……ごめん。ごめんな。ごめん。ごめんなさい……。お袋……ごめん。辛い思いさせて、ごめんな。ごめんなお袋……」

泣きじゃくる僕に、消えそうな声でお袋が言った。

「勇斗……」

急いでお袋の顔を覗く。

「何？　どっか痛いか？　大丈夫か？　お袋？」

「勇斗……、人間ってのは……」

「僕が……これからは僕が親父の代わりにお袋を守るから！　お袋、もう大丈夫だから！」

溢れる涙が止まらない。

「いや、違うのよ。人間っていうのはさ……」

お袋が僕の手を掴む。掴まれた手に息を呑む……。

「人間っていうのは、馬鹿みたいに簡単に死ぬもんよねぇー？　あっけない。こんな所に転がってちゃ邪魔じゃない。勇斗、早く処分してよ」

「お袋…………？」

お袋が顔を上げる。満面の笑みを浮かべて……。剥き出された黄ばんだ歯……。青白い肌……。変色した……唇。

「ねぇ、私、ずっと勇斗の側にいてもいい？」

部屋中に笑い声が木霊する。甲高い…………地獄からの。

「勇斗は翼があったら何処にゆきたい？　私は、愛する勇斗の側にいたい。ずっとずっと側にいたい」

背筋が凍りつく。言葉が出ない……。

「勇斗、愛してる。愛してる。愛してる。愛してる。愛してる。愛してる。愛してる……」

響き渡る。

END

本書は『ＦＬＹ』（文芸社、２００３年10月刊）を文庫化したものです。

この物語はフィクションであり、実在する事件・個人・組織等とは一切関係ありません。

文芸社文庫

FLY

二〇一一年六月十五日　初版第一刷発行

著　者　窪依　凛
発行者　瓜谷綱延
発行所　株式会社　文芸社
〒一六〇‐〇〇二二
東京都新宿区新宿一‐一〇‐一
電話　〇三‐五三六九‐三〇六〇（編集）
〇三‐五三六九‐二二九九（販売）
印刷所　図書印刷株式会社
装幀者　三村淳

ISBN978-4-286-10923-7